Um grito de amor
do centro do mundo

Kyoichi Katayama

Um grito de amor do centro do mundo

Tradução do japonês
Lica Hashimoto

ALFAGUARA

© 2001, Kyoichi Katayama

Todos os direitos desta edição reservados à
Editora Objetiva Ltda.
Rua Cosme Velho, 103
Rio de Janeiro — RJ — Cep: 22241-090
Tel.: (21) 2199-7824 — Fax: (21) 2199-7825
www.objetiva.com.br

Título original
Sekai no chushin de ai wo sakebu

Capa
Marianne Lépine

Imagem de capa
Masaaki Toyoura/Getty Images
Flicker/Getty Images

Revisão
Rita Godoy
Ana Grillo
Taís Monteiro

Editoração eletrônica
Abreu's System Ltda.

CIP-BRASIL. CATALOGAÇÃO-NA-FONTE
SINDICATO NACIONAL DOS EDITORES DE LIVROS, RJ

K31g
    Katayama, Kyoichi
        Um grito de amor do centro do mundo / Kyoichi Katayama; tradução do japonês Lica Hashimoto. – Rio de Janeiro: Objetiva, 2011.

        155p.   ISBN 978-85-7962-042-3
        Tradução de: *Sekai no chushin de ai wo sakebu*

        1. Ficção japonesa. I. Hashimoto, Lica. II. Título.

10-4889.   CDD: 895.63
                                                        CDU: 821.521-3

Um grito de amor do centro do mundo

Capítulo I

1

De manhã, acordei chorando. Ultimamente, tem sido sempre assim. Já nem sei se meu pranto é de tristeza. Acho que meus sentimentos se foram com as lágrimas. Ainda sob as cobertas, estava absorto em pensamentos quando minha mãe se aproximou dizendo: "Vamos! Está na hora de acordar."

Ainda que não nevasse, as ruas estavam esbranquiçadas da neve congelada. Dos carros que circulavam, pelo menos a metade tinha correntes nos pneus. O pai de Aki sentou-se no banco do passageiro, ao lado do meu pai, que dirigia. Eu e a mãe dela nos acomodamos no banco de trás. O carro se pôs em movimento. Nos bancos da frente, os homens só falavam de neve — se chegaríamos ao aeroporto a tempo de embarcar; se o avião ia partir no horário... Em compensação, nós, no banco de trás, não falávamos quase nada. Tentei me distrair olhando a paisagem. As áreas de cultivo que ladeavam a estrada haviam se transformado em extensos campos de neve a perder de vista. Das frestas das nuvens, raios de sol irradiavam luz sobre os distantes cumes das montanhas, fazendo-os cintilarem. A mãe de Aki segurava no colo uma pequena urna contendo cinzas.

Ao nos aproximarmos do desfiladeiro, a neve foi se avolumando. Meu pai parou o carro no estacionamento de um restaurante de beira de estrada e começou a prender as correntes nos pneus. Enquanto isso, resolvi dar uma volta pelas redondezas. Do outro lado do estacionamento havia um bosque. Uma camada de neve, intacta, cobria a relva e, vez por outra, ressoava um barulho seco de porções de neve que despencavam das copas das árvores. Ao me virar para trás, vi, para além da cerca de segurança, o mar de inverno. Um mar calmo e sereno, extremamente azul. Isso tudo suscitava em mim lembranças que ameaçavam me tragar. Tratei de confiná--las, lacrando firmemente meu coração. Dei as costas ao mar.

Uma camada espessa de neve cobria todo o bosque. Ao caminhar, descobri o quanto era difícil andar por entre os galhos e troncos entremeados na neve. De repente, lá do meio da vegetação, um pássaro silvestre emitiu um som agudo e alçou voo. Parei de caminhar para prestar atenção aos sons. Estava tudo quieto. Tão quieto que parecia não existir mais ninguém no mundo. Ao fechar os olhos, pude ouvir o barulho das correntes dos carros que passavam numa estrada próxima, como um chacoalhar de guizos. Fui perdendo a noção de onde estava e de quem eu era. Então ouvi meu pai me chamar lá do estacionamento.

Após passar pelo desfiladeiro, o trajeto foi tranquilo. Chegamos ao aeroporto no horário previsto e, assim que terminamos os trâmites da viagem, nos dirigimos ao portão de embarque.

— Espero que corra tudo bem — disse meu pai, voltando-se para os pais de Aki.

— Não se preocupe. Vai dar tudo certo — o pai de Aki respondeu sorrindo. — Minha filha deve estar muito contente de Sakutarô ir com a gente.

Olhei para a pequena urna que a mãe de Aki segurava. Será que Aki estaria realmente dentro daquela urna cuidadosamente envolta num belíssimo tecido brocado?

Assim que o avião decolou, caí no sono. E sonhei. Era um sonho do tempo em que Aki ainda estava bem. No sonho, ela ria. Era o sorriso de sempre, com aquele jeitinho meio acanhado. "Saku-chan!",* era como ela costumava me chamar carinhosamente. A sua voz, me chamando, ainda ressoa em meus ouvidos. Gostaria que esse sonho se tornasse realidade,

---

* Tratamento carinhoso, usado principalmente ao se dirigir a crianças. Em português, a grafia *chan* se pronuncia *tian*. (N. do E.)

e a realidade, um sonho. Sei que é impossível. E é por isso que sempre acordo chorando. Não de tristeza. Choro porque, ao deixar o sonho agradável e retornar para a realidade triste, existe uma fenda pela qual não há como passar sem derramar lágrimas. Já tentei inúmeras vezes; nunca consegui.

Quando decolamos, a paisagem era de neve, mas ao aterrissar estávamos numa cidade turística em pleno verão, com o sol a pino. Cairns: uma bela cidade banhada pelo oceano Pacífico. Nas calçadas, frondosos coqueirais. Os hotéis de luxo ao redor da baía são rodeados por abundante vegetação tropical e inúmeros barcos de diversos tipos e tamanhos estão atracados no cais. O táxi que nos levou ao hotel passou em frente à praia com seus calçadões, ao longo da orla, ladeados por grama. Muitas pessoas aproveitavam o final de tarde para caminhar.

— Parece que estamos no Havaí — disse a mãe de Aki.

Para mim, não passava de uma cidade amaldiçoada. Tudo estava exatamente como quatro meses antes. Durante esses quatro meses a única coisa que mudou foi a estação do ano: se antes era início de primavera na Austrália, agora era pleno verão. Apenas isso. Nada mais além disso.

Planejávamos passar uma noite no hotel e pegar o voo da manhã. A diferença de fuso horário entre o Japão e a Austrália era tão pequena que era como se as horas transcorressem normalmente desde que embarcamos. Após o jantar, fui para o quarto e, estirado na cama, fiquei olhando o teto enquanto me perdia em pensamentos. Tentei me convencer de que "Aki não estava mais aqui".

Quando vim para cá, quatro meses antes, Aki também não estava. Ela ficou no Japão enquanto nossa turma do ensino médio veio nessas excursões de escola. Partimos de uma cidade do Japão — um país tão perto da Austrália — para chegar a uma cidade da Austrália — tão perto do Japão. A rota desse voo é sem escala, pois não há necessidade de reabastecer o avião. É uma cidade que passou a fazer parte da minha vida por um motivo singular. Naquela ocasião, achei esta cidade linda. Aos meus olhos tudo era diferente, exótico e novo. Isso porque Aki também via através de meus olhos. Mas agora, por mais que eu veja algo, seja lá o que for, não sinto mais nada. Afinal, o que será que ainda tenho que ver aqui?

Este é o significado da ausência de Aki. De não tê-la mais comigo. Não tenho mais nada para ver: seja na Austrália, no Alasca, no Mediterrâneo ou mesmo na zona glacial antártica. E não importa para qual lugar do mundo eu vá; será sempre assim. Por mais que o lugar seja maravilhoso, a paisagem extraordinária, nada será capaz de me comover ou me deixar feliz. Perdi a pessoa que despertava minha vontade de ver, conhecer, sentir e até mesmo... viver. Ela nunca mais vai estar ao meu lado.

Tudo aconteceu num intervalo de quatro meses; praticamente o de uma única estação do ano. Foi nesse curto espaço de tempo que uma garota desapareceu deste mundo. Se considerarmos que existem seis bilhões de habitantes, certamente sua perda é insignificante. Mas não estou com esses seis bilhões. Estou num lugar em que uma única morte extinguiu todos os meus sentimentos. Estou num lugar assim. E nesse lugar sou aquele que não vê, não ouve e não sente mais nada. Mas será que realmente estou aqui? Se eu não estiver, então, onde eu estou?

2

A primeira vez que eu e Aki estudamos juntos foi na sexta série do ensino fundamental. Até então nunca a tinha visto e nem sequer sabia o seu nome. Por um capricho do destino caímos na mesma turma — dentre nove —, e o professor responsável pela nossa turma nos nomeou "representantes de classe". Nossa primeira tarefa como representantes foi visitar um aluno chamado Ôki, que estava internado por ter quebrado a perna logo no início do ano letivo. No caminho, paramos para comprar flores e uma caixa de cookies com o dinheiro que o professor e os alunos haviam arrecadado.

Ôki estava deitado e sua perna parecia exageradamente engessada. Como a hospitalização ocorreu no dia seguinte à cerimônia de início das aulas, eu mal tive tempo de conhecê-lo. E, sendo assim, já que Aki havia estudado com ele na quinta série, deixei-os conversando enquanto eu observava a cidade da janela do quarto do terceiro andar. Ao longo da rua por onde circulavam os ônibus havia uma floricultura, uma quitanda, uma doceria e outros tipos de estabelecimentos formando uma pequena área comercial. Ao longe, avistei o castelo Shiroyama. Discretamente, a torre branca se deixava ver por entre as folhas viçosas das árvores.

— E aí, Matsumoto? O seu nome é Sakutarô, não é? — Ôki, que até então conversava com Aki, de repente me surpreendeu com essa pergunta.

— É, sim — respondi, ainda próximo à janela, voltando-me para ele.

— Que coisa, não? — exclamou ele.

— O quê?

— Se não me engano, Sakutarô é o nome do poeta Hagiwara Sakutarô, não é?

Não fiz menção de responder.

— Você sabe qual é o meu nome?

— Não é... Ryûnosuke?

— Exatamente. Do escritor Akutagawa Ryûnosuke.

Foi aí que entendi aonde é que ele queria chegar.

— Pelo visto, nossos pais são amantes da literatura... — comentou ele, balançando a cabeça, num gesto de cumplicidade e satisfação.

— No meu caso, o meu avô — respondi.

— Então, quer dizer que foi seu avô quem te deu esse nome?

— Isso mesmo.

— Isso é que é ser inconveniente, não acha?

— Mas ainda bem que te deram o nome de Ryûnosuke.

— Você acha mesmo?

— Já pensou se fosse Kinnosuke, o "homem do ouro"?

— Quem é esse?

— É o nome verdadeiro do escritor Natsume Sôseki.

— É mesmo? Não sabia...

— Se o livro predileto de seus pais fosse *Coração*, hoje certamente você se chamaria Ôki Kinnosuke.

— Imagine só! — falou, rindo. — Eles não teriam coragem de pôr um nome desses no filho...

— Então, vamos fazer de conta — continuei — que seu nome é Ôki Kinnosuke, ok? Já pensou? Todos na escola iriam tirar sarro da sua cara.

Ôki estampou no rosto sua indignação e aproveitei para continuar a expor meu raciocínio:

— Se isso acontecesse, você culparia seus pais por terem te dado esse nome e, certamente, fugiria de casa para se tornar um profissional de luta livre.

— Por que luta livre?

— Ora, por acaso você consegue imaginar alguma outra profissão que não seja a de luta livre para alguém que se chama Ôki Kinnosuke?

— É mesmo... Acho que não...

Aki estava ajeitando no vaso as flores que levamos. Ôki e eu abrimos a caixa de cookies e, enquanto comíamos, ficamos horas a fio conversando sobre os gostos literários de nossos pais. Quando nos preparávamos para ir embora, Ôki disse:

— Venham me visitar de novo, tá? — E complementou: — É muito chato ficar deitado aqui o dia inteiro.

— Em breve, o pessoal da turma vai se revezar e vir passar as lições...

— Não faço nenhuma questão de que venham para isso.

— E por falar nisso, a Sasaki também disse que vai te dar uma força — disse Aki, referindo-se à garota mais bonita e popular da classe.

— Que sorte a sua, hein, Ôki? — brinquei com ele.

— Não precisava, mas já que insistem! — disse, pondo-se a rir sozinho, reconhecendo que seu comentário não conseguiu conter sua alegria.

* * *

Na volta do hospital, de repente, lembrei-me do castelo de Shiroyama e resolvi convidar Aki para ir comigo até lá. Pelo horário, já não dava mais tempo de assistir à aula extracurricular e, mesmo indo para casa, faltava muito tempo até a hora do jantar. "Vamos!", ela respondeu, sem titubear ou demonstrar qualquer constrangimento. Há dois caminhos para subir a montanha: o norte e o sul. Nós optamos pelo sul. O portão principal ficava no lado norte, o sul levava a uma entrada secundária. O trajeto, portanto, era mais estreito, íngreme e deserto. No meio do percurso havia um parque, uma área em que os caminhos se encontravam. Eu e Aki continuamos a subir a montanha tranquilamente, jogando conversa fora.

— Você costuma ouvir rock, não é mesmo? — perguntou Aki, caminhando ao meu lado.

— A-há — respondi, voltando-me para ela. — Por quê?

— É que quando estava na quinta série vi você trocando CDs com os colegas.

— E a senhorita Aki Hirose, por acaso, também gosta?

— Eu não! Fico com a cabeça toda atrapalhada.

— Ouvindo rock?

— É. Meus miolos ficam que nem aqueles legumes cozidos no curry que servem no refeitório da escola.

— Nossa!

— Você também pratica kendo no grêmio da escola, não é?

— A-há.

— Hoje você não vai treinar?

— Deixei um pedido de dispensa com o professor.

Após ficar por um bom tempo pensativa, Aki comentou:

— Uma pessoa que pratica kendo na escola e gosta de ficar em casa curtindo rock... Para mim, são imagens totalmente discrepantes.

— Sabe aquela sensação de alívio e satisfação que a gente sente ao acertar a cara do adversário? Então... É a mesma sensação que se tem ao ouvir rock.

— Quer dizer que você normalmente não sente satisfação?

— E você? Sente?

— Na verdade não sei direito o que significa "satisfação".

Para ser sincero, eu também não sabia.

Naquela época, caminhávamos mantendo uma distância comedida entre um garoto e uma garota do ensino fundamental. Mas, apesar disso, eu conseguia sentir o perfume doce — provavelmente do xampu ou do condicionador — que seus cabelos exalavam; e que, diga-se de passagem, era completamente diferente do cheiro da máscara protetora usada no kendo, que fazia a gente torcer o nariz de tão ruim. Acho que uma pessoa acostumada a estar sempre cheirosa não ia querer ficar ouvindo rock ou batendo nos outros com uma espada de bambu.

A escadaria de pedra que nos conduzia ao castelo tinha os cantos arredondados e algumas partes estavam recobertas de musgo. A terra em torno da escadaria era avermelhada e dava a impressão de que permanecia úmida o ano todo. De repente, Aki parou de caminhar e apontou:

— Hortênsias!

Me virei e vi que entre a escada e o precipício à nossa direita havia um canteiro de hortênsias repletas de brotinhos do tamanho de uma moeda de dez ienes.

— Adoro hortênsias! — exclamou, encantada. — Você vem ver comigo, quando elas estiverem floridas?

— Tudo bem — respondi meio impaciente e desconversei: — E então, vamos subir?

3

A minha casa fica no terreno da Biblioteca Municipal. É um sobrado branco em estilo ocidental, contíguo à construção principal, que lembra a arquitetura do Rokumeikan e das construções do período conhecido como o da democratização Taishô. E, por essas e outras, minha casa acabou virando patrimônio cultural e nós, moradores, fomos proibidos de reformá-la ao nosso bel-prazer. Morar num patrimônio cultural deveria ser motivo de orgulho, mas, para quem mora em um, posso dizer que não há nada de especial. Tanto que meu avô tratou logo de se mudar e foi morar sozinho num apartamento de segunda mão, alegando que a casa era inadequada para um idoso viver. Bem, se a casa não era adequada para ele, logicamente ela também não o seria para ninguém: não importa se velho, novo, homem ou mulher. Digamos que a ideia de morar num lugar assim era um capricho de meu pai, um tipo de doença crônica, da qual minha mãe também foi acometida. Para uma criança, diga-se de passagem, era um verdadeiro transtorno.

Não sei que circunstâncias levaram minha família a ter de morar num lugar assim. Deixando de lado esse capricho de meu pai, talvez tenha relação com o fato de minha mãe trabalhar na biblioteca; ou, quem sabe, tenha a ver com o fato de, antigamente, meu avô ter sido membro do Congresso. Seja lá o que for, nunca perguntei a eles sobre isso, para evitar trazer à tona um passado supostamente repugnante acerca desta casa. A distância entre a biblioteca e a casa era de, no máximo, três metros e, apesar de tão próximo, seria exagero de minha parte dizer que eu podia ler do meu quarto, no segundo pavimento, o livro de alguém sentado ao lado da janela da biblioteca.

Apesar de não parecer, eu era um bom menino e, desde a quinta série, quando não tinha aulas extracurriculares, costumava ajudar minha mãe na biblioteca nos sábados à tarde, domingos e feriados. Quando o movimento era grande, eu ficava no balcão de empréstimos passando os códigos de barra no computador, empilhava as devoluções no carrinho e as colocava de volta nas prateleiras; um trabalho diligente como o de Giovanni no conto "Viagem noturna no trem da via Láctea", de Miyazawa Kenji. Logicamente, eu ganhava uns trocados, afinal não era filho de mãe solteira nem se tratava de trabalho voluntário. O dinheiro que eu ganhava era praticamente para comprar meus CDs.

Depois daquele dia, como representantes de classe, eu e Aki continuamos sendo amigos. Mas, apesar de estarmos juntos quase todo o tempo, eu não tinha a consciência de que ela era do sexo oposto. Talvez a proximidade tenha sido um dos motivos para eu não perceber o seu encanto. Ela era bonita, muito simpática e inteligente, e tinha uma legião de fãs, inclusive entre os rapazes da sala. E, por essas e outras, tornei-me alvo de ciúme e da antipatia deles. Por exemplo: durante as aulas de educação física, nas partidas de basquete ou futebol, alguém sempre esbarrava em mim ou me chutava de propósito. Não era uma violência escancarada, mas a intenção maldosa era muito clara. No começo, eu não sabia o porquê disso e achava que era por não gostarem de mim. E sempre ficava chateado ao tentar encontrar um motivo.

Após conviver com essa inquietação por um bom tempo, descobri, sem querer, o motivo disso tudo por conta de um acontecimento um tanto inusitado. No segundo semestre, a sexta série teria de apresentar uma peça teatral no Festival de Cultura. O resultado da votação em reunião de classe foi *Romeu e Julieta*, que teve a maioria dos votos femininos. O papel de Julieta ficou para Aki, por sugestão unânime das meninas, e o de Romeu — como ninguém se manifestou — eu tive de assumir, como representante de classe, já que era uma praxe isso acontecer em caso de omissão.

Com a organização das meninas, os ensaios transcorreram harmoniosamente. A cena em que Julieta declamava da sacada, "Romeu, Romeu, por que há de ser Romeu? Negue o seu pai, recuse-se esse nome. Ou, se não quer, jure só que me ama...", era muito engraçada porque Aki, que já era naturalmente séria, interpretava a cena de modo exageradamente dramático. Mas hilário mesmo era quando a diretora, que tinha uma participação especial como a ama, declamava com todas as letras: "Por minha virgindade aos doze anos!" Nessa hora, todos caíam na gargalhada. Numa outra cena em que, ao amanhecer, Romeu acorda no quarto de Julieta, estava previsto um beijo. Antes de partir, ele murmura: "Clara é a luz, escuras nossas dores." Julieta o impede de partir, Romeu hesita, eles se olham e, separados pelo parapeito da varanda, a cena termina num beijo.

— Ei! Você aí. Vê se não fica agarrando a Hirose! — disse um dos garotos.

— Só porque é um pouquinho inteligente, tá se achando, é? — comentou outro.

— O que vocês estão querendo dizer com isso? — perguntei.

— Não enche! — disse um deles, dando um soco na minha barriga.

O soco foi apenas para me intimidar e, como instintivamente eu o amorteci, o golpe não chegou a machucar. Pelo visto, os dois ficaram satisfeitos por terem me dado um soco, pois logo deram meia-volta, endireitaram o corpo e foram embora cheios de si. Em compensação, mais do que humilhado, senti-me aliviado por ter tirado o peso daquela inquietação que me atormentava havia tanto tempo. Quando uma quantidade adequada de ácido reage com fenolftaleína em solução básica, ela passa do vermelho para o incolor. Foi o que aconteceu com o meu mundo, que também se desanuviou, tornando-se límpido e claro. Refleti sobre a inesperada resposta que obtive e concluí que os garotos tinham ciúme. O ódio que eles nutriam por mim era porque eu estava sempre com Aki.

Naquela época, havia boatos de que Aki tinha um namorado que cursava o ensino médio. Não cheguei a verificar se era verdade ou não, tampouco ela me falou sobre isso. Apenas ouvi, sem querer, as meninas da classe comentando e dizendo que ele era alto, bonito e que jogava vôlei. "Que absurdo!", foi o que pensei. Pois, para mim, esporte de homem era kendo. Kendo!

Nessa época, Aki também tinha o costume de estudar ouvindo rádio. Eu até sabia qual era o programa que ela gostava de escutar. Cheguei a ouvi-lo algumas vezes e já tinha uma ideia de como funcionava. Era mais ou menos assim: garotos e garotas de QI relativamente baixo enviavam cartas à rádio e ficavam felizes quando o locutor — de pronúncia arrastada nos erres — lia a carta. Era a primeira vez na vida que eu enviava uma carta para pedir uma música, e foi para Aki. Não sei por que fiz isso. Acho que queria ridicularizá-la por namorar um cara do ensino médio e também tinha um quê de vingança pelos incômodos que sofri por conta dela. E, muito provavelmente, porque ainda não tinha consciência de que o amor estava começando a manifestar seus primeiros sinais.

Era véspera de Natal e a programação era de arrepiar: "Especial de Natal para os namorados". Naturalmente, era presumível que a concorrência nesse dia fosse maior e, para ter certeza de que eu seria o escolhido, precisava de um plano que tocasse fundo o coração deles.

— Vamos para a próxima carta! É do Romeu da sexta série D: "Escrevo para falar de A. H., que estuda na minha sala. Ela tem cabelos compridos e é uma garota discreta. Seu rosto lembra o da princesa Nausicaä do *Vale do Vento*, numa versão um pouco mais abatida; é alegre e foi nossa representante de classe. No Festival de Cultura realizado em novembro, a classe ia encenar a peça *Romeu e Julieta*; ela seria Julieta, e eu, Romeu. Mas, quando começaram os ensaios, ela foi ficando doente e começou a faltar à escola. Sem outra alternativa, tivemos que substituí-la e eu acabei encenando com outra garota. Tempos depois soube que ela estava com leucemia e ainda está internada fazendo tratamento. Segundo meus colegas que foram visitá-la, os cabelos compridos que ela tinha caíram por causa dos remédios e, de tão magra, seu rosto ficou irreconhecível. É véspera de Natal e ela deve estar no leito do hospital e, quem sabe, até esteja ouvindo o programa. E é para aquela que não pôde encenar Julieta no Festival de Cultura que eu gostaria de oferecer a música *Tonight*, do filme *Amor, Sublime Amor*."

— O que foi aquilo, hein? — No dia seguinte, Aki me pegou de jeito na escola. — Aquele pedido de ontem foi seu, não é, Matsumoto?

— Do que você está falando?

— Não se faça de bobo. Onde já se viu... Romeu da sexta série D. Estava com leucemia? Os cabelos dela caíram e o rosto ficou irreconhecível... Como é que você conseguiu mentir daquele jeito, hein?

— Mas no começo eu bem que te elogiei, não foi?

— Como? Dizendo que sou uma versão um pouco mais abatida da princesa Nausicaä? — disse, soltando um longo suspiro. — Olha, Matsumoto, não tem nenhuma importância você ficar falando coisas sobre mim, mas é que no mundo existem pessoas que realmente estão doentes e sofrendo. Mesmo que seja apenas uma brincadeira, não gosto que se aproveitem da situação dessas pessoas para despertar a compaixão alheia.

Fiquei incomodado com o seu tom de sermão. Porém, mais que isso, ela tinha razão de estar zangada comigo. E senti algo mais: tive a impressão de que uma brisa soprava dentro do meu peito. Era como se a brisa surgisse porque, pela primeira vez, eu via Aki como a garota que ela realmente era. E por uma satisfação íntima de ter começado a gostar dela.

4

Na sétima série caímos em classes diferentes, mas, como ambos continuamos a ser os representantes da sala, pelo menos uma vez por semana tínhamos a oportunidade de nos encontrar nas reuniões após as aulas. No final do primeiro semestre, Aki passou a estudar com frequência na biblioteca. Já nas férias de verão, suas visitas se tornaram praticamente diárias. Eu, por minha vez, passei a trabalhar mais na biblioteca para juntar uns trocados, aproveitando que não tinha mais aulas de kendo após o campeonato municipal. E, como também precisava me preparar para o exame de admissão do ensino médio, no período da manhã ficava estudando na sala de leitura climatizada. Com isso, as oportunidades de nos encontrarmos era maior e, quando isso acontecia, estudávamos juntos e, nos intervalos, conversávamos tomando sorvete.

— Quer saber? Não me sinto nem um pouco motivado — falei. — E não tenho nenhum ânimo para estudar durante as férias.

— No fundo, você já sabe que vai conseguir. Por isso não sente necessidade de se empenhar tanto.

— Não é nada disso. É que outro dia li na revista *Newton* uma reportagem dizendo que lá pelo ano 2000 um asteroide vai se chocar com a Terra, destruindo todo o ecossistema.

— Ah, é? — respondeu Aki, lambendo o sorvete sem dar importância ao fato.

— Como assim, "Ah, é?" — perguntei com uma cara séria. — A cada ano que passa a camada de ozônio vem sendo destruída e as florestas tropicais estão diminuindo. Isso significa que, se continuar assim, quando estivermos velhos, a Terra se tornará inabitável, sabia?

— Nossa! Terrível, hein?

— Você diz isso, mas pelo visto não está nem aí, não é mesmo?

— Me desculpe — disse ela. — É que eu não consigo ter esse tipo de preocupação. Você consegue realmente se preocupar com isso?

— Colocando assim, desse jeito...

— Não consegue, não é mesmo?

— Mas, mesmo que eu não consiga, esse dia certamente vai chegar.

— Se for assim, que assim seja.

Quando ela me disse isso, achei que tinha razão.

— Não adianta ficar remoendo algo que só vai acontecer no futuro, você não acha?

— Só que esse futuro é daqui a dez anos...

— Então estaremos com vinte e cinco anos. — Seu olhar estava distante. — Mas, até lá, ninguém sabe o que vai acontecer com você ou comigo...

Nisso, me lembrei das hortênsias do Shiroyama. Depois que estivemos lá, elas já deviam ter florescido duas vezes e ainda não tínhamos ido vê-las. Eram tantas coisas que aconteciam no dia a dia que tinha me esquecido completamente delas. Creio que o mesmo podia se dizer de Aki. E, independentemente do impacto do asteroide ou da destruição da camada de ozônio, no início do verão de 2000 as hortênsias do

Shiroyama certamente estariam floridas. Por isso, achei que não precisava ter pressa de ir vê-las, afinal podíamos ir lá sempre que tivéssemos vontade.

E assim transcorreram as férias de verão. Eu, como sempre, continuei preocupado com as questões ambientais e o futuro do planeta, enquanto aprendia sobre as invasões bárbaras, Cromwell e a guerra civil inglesa e solucionava equações e raízes quadradas. Fui pescar algumas vezes com meu pai. Comprei CDs novos. E conversava com a Aki tomando sorvete.

— Saku-chan! — Quando ela me chamou assim pela primeira vez, foi tão inesperado que acabei engolindo o pedaço de sorvete que derretia na boca.

— Como é que é?

— Sua mãe não te chama sempre assim? — disse Aki, sorrindo.

— Desde quando você é minha mãe?

— Não importa. Eu decidi que a partir de hoje vou te chamar de Saku-chan.

— Quer fazer o favor de não decidir essas coisas sem me consultar?

— Pois já está decidido.

E por essas e outras Aki sempre acabava decidindo tudo a ponto de eu mesmo não saber mais quem eu era.

Assim que começou o segundo semestre, num intervalo do almoço ela apareceu na minha frente trazendo um caderno.

— Toma — disse ela, colocando o caderno sobre a mesa.

— O que é isso?

— Um diário compartilhado.

— Como?

— Você nunca ouviu falar disso, não é mesmo?

Dei uma olhada ao redor e disse:

— Não vamos falar disso enquanto estivermos na escola, ok?

— Será que seus pais não tinham um?

Acho que ela não ouviu o que eu disse.

— Este caderno é para um garoto e uma garota compartilharem os acontecimentos, os pensamentos e os sentimentos que eles tiveram no dia, anotando-os para que o outro possa ler.

— Que coisa trabalhosa! Pra mim não dá. Não tem outro cara na classe para você pedir isso?

— Não se trata de chamar qualquer um.

Aki parecia um pouco indignada.

— Pra escrever aqui é preciso usar caneta esferográfica ou caneta-tinteiro, não é?

— Se quiser pode usar lápis de cor...

— Não pode ser por telefone?

Pelo visto, não podia. Ela cruzou as mãos atrás da cintura e ficou olhando para minha cara e o caderno alternadamente. E, quando fui abrir o caderno sem nenhuma intenção especial, ela rapidamente me impediu.

— Leia quando estiver em casa. Faz parte do trato.

A primeira página tinha uma apresentação pessoal: dia, mês e ano de nascimento, signo, tipo sanguíneo, hobby, comida preferida, cor preferida e uma análise sobre sua personalidade. Na página ao lado havia um desenho a lápis de uma garota, supostamente ela mesma, e nos itens busto, cintura e quadril estava escrito "segredo", "segredo", "segredo". Ainda com o caderno aberto, murmurei: "Mas que coisa!"

No Natal da sétima série, a professora responsável pela classe de Aki morreu. Ela tinha participado da excursão escolar do primeiro semestre e parecia estar bem, mas no semestre seguinte começou a faltar constantemente. Aki chegou a comentar comigo que a professora não estava bem de saúde. Parece que tinha câncer. Ainda não chegara sequer aos cinquenta anos. O enterro foi no dia seguinte ao término das aulas e compareceram os alunos da classe de Aki e os representantes das turmas da sétima série. Como o templo principal não comportava todos os alunos, uma parte ficou em pé nos arredores assistindo à cerimônia. Era um dia muito frio, daqueles de rachar os ossos. A recitação do monge parecia não ter fim e, para não morrer congelados, nós ficávamos empurrando uns aos outros.

Quando finalmente a recitação do sutra terminou, iniciaram-se os discursos de condolências, a começar pelo diretor. Entre eles, estava Aki. Paramos com o empurra-empurra para prestar atenção nela. Ela leu o discurso com voz serena, e em nenhum momento pareceu que ia chorar. A voz que chegava a nós não era sua voz natural, mas uma cheia de distorções do autofalante. Apesar disso, logo reconheci que era ela. O tom de tristeza tornava sua voz mais adulta que de costume. Eu me senti abandonado ao constatar que ela seguia adiante, nos deixando para trás, nós, que éramos eternas crianças.

Impaciente, quis ver Aki por entre as cabeças à minha frente. Fui para a esquerda, depois para a direita, até conseguir vê-la. Ela lia o discurso com a cabeça abaixada, de frente ao microfone instalado na entrada principal do templo. No instante em que a vi, percebi que, de onde eu estava, aquela garota, que eu havia me acostumado a ver de uniforme, parecia ser outra pessoa. É claro que continuava a ser Aki, mas algo nela estava completamente diferente. Quase não prestei atenção na mensagem de pêsames. Eu apenas a observava de longe, sem conseguir tirar os olhos dela.

— Aquela é a Hirose! — alguém comentou, perto de mim.

— Não parece... Mas é uma garota de fibra — outra pessoa complementou.

Nisso, a nuvem que encobria o céu se dispersou e os raios de sol incidiram sobre o pátio. A claridade iluminou Aki e sua imagem se destacou em frente ao salão escuro do templo. Ah! Aquela sim, aquela era a Aki que eu conhecia. A Aki que compartilhava aquele inocente diário comigo; a Aki que me chamava de Saku-chan como se me conhecesse desde pequeno. Por estar sempre tão próxima, sua presença tinha se tornado transparente, mas agora eu a via ali, em pé, e era uma menina que estava se tornando mulher. Era como olhar, de um ângulo diferente, o cristal numa pedra que estava esquecida sobre a mesa e descobrir nele um brilho maravilhoso.

De repente, tive ímpetos de sair correndo. Sentia meu corpo transbordar de alegria ao descobrir que estava apaixonado por ela. Entendi por que meus colegas tinham ciúme de mim. Não só isso, mas também passei a sentir ciúme de mim mesmo. Lá no meu íntimo, esse ciúme estava corroendo meu coração feito ácido, pois eu me sentia um felizardo por nunca ter precisado insistir para ficar ao seu lado e por naturalmente estar sempre próximo, compartilhando nossas vidas.

5

Após a conclusão do ensino fundamental, novamente caímos juntos na mesma classe no ensino médio. Nessa época, já era incontestável o amor que eu sentia por ela. Era um amor tão certo quanto afirmar quem eu era. Se alguém perguntasse "E aí, você gosta da Hirose?", com certeza eu responderia: "Só agora que você percebeu?" A não ser durante as reuniões de professores com os alunos, nas demais aulas os lugares não eram marcados, por isso sempre juntávamos as carteiras e sentávamos um ao lado do outro. No ensino médio, ninguém da classe ficava com inveja ou caçoava dos casais que estavam se dando bem. Nossa convivência já era parte do cenário cotidiano da sala de aula, da mesma forma que o quadro-negro e o vaso de flores. Os professores é que costumavam fazer comentários óbvios, do tipo: "Vocês sempre se dão bem, não?" E eu, gentilmente, respondia: "Sim. Muito obrigado!", para depois resmungar cá comigo: "Não é da sua conta."

A leitura das *Narrativas do cortador de bambu*,* iniciada em abril, chegava ao clímax. No intuito de proteger a

---

* Narrativa escrita entre o final do século IX e meados do século X, considerada a primeira obra de ficção em prosa da literatura japonesa. (N. do E.)

princesa dos emissários da Lua, o imperador ordena que os soldados se posicionem ao redor da residência do ancião. Mesmo assim, a princesa acaba sendo levada. Ela deixa para o imperador uma carta e uma poção da imortalidade. No entanto, o imperador não quer viver eternamente num mundo sem a princesa. E, então, ele ordena que queimem a poção no cume da montanha mais alta e próxima da Lua. É o trecho em que se narra a origem do nome do monte Fuji, e a história termina com as cortinas descendo lentamente.

Sem tirar os olhos do texto, Aki parecia estar refletindo sobre o que acabara de ler, enquanto ouvia atentamente as explicações do professor sobre o pano de fundo da obra. Sua franja cobria parte de seu bem-delineado nariz. Vi, por entre os cabelos, uma parte de sua orelha e, também, seus lábios ligeiramente pressionados fazendo um biquinho. Todos os traços, extremamente delicados, jamais poderiam ter sido desenhados por mãos humanas, e, quanto mais atentamente eu a observava, mais profunda se tornava minha admiração em constatar que todos aqueles detalhes convergiam para formar uma única garota chamada Aki. E essa garota linda estava apaixonada por mim.

De repente, tive uma horrível certeza. Por mais que minha vida fosse longa, eu nunca seria tão feliz como agora. A única coisa que eu poderia fazer era preservar essa felicidade com cuidado. Senti medo de estar tão feliz. Se a quantidade de felicidade era determinada para cada pessoa, naquele momento eu talvez estivesse esbanjando a felicidade de uma vida inteira. Algum dia os emissários da Lua acabariam por levá-la. Depois, só me restaria um tempo eterno, como o de um imortal.

Quando me dei conta, Aki olhava para mim. Acho que eu estava com uma cara muito séria. Tanto que o sorriso que ela esboçou logo se esmaeceu.

— O que foi?

Eu balancei a cabeça, um pouco sem graça.

— Não é nada.

Todos os dias, após a aula, voltávamos juntos. Na medida do possível, percorríamos bem devagar o trajeto da escola até a casa. De vez em quando fazíamos um caminho mais longo. E mesmo assim parecia que logo estávamos na bifurcação onde tínhamos de nos separar. Era muito estranho. Eu achava terrível fazer esse trajeto sozinho, mas, quando seguíamos conversando, minha vontade era continuar andando sem parar. Até esquecia o fardo de carregar a mochila repleta de livros e dicionários.

"Nossa vida também deve ser assim", pensei tempos depois. A nossa vida se torna longa e entediante quando estamos sós. Mas, quando a compartilhamos com alguém, num piscar de olhos estamos na bifurcação entre a vida e a morte.

6

Após a morte de minha avó, meu avô morou um tempo conosco, mas, como eu já disse anteriormente, com a desculpa de que a casa não era apropriada para um idoso, ele se mudou sozinho para um apartamento. Ele viera de uma família de agricultores e, até a geração do meu bisavô, foram proprietários de extensas terras. No entanto, com a reforma agrária a família entrou em decadência, e meu avô, que era herdeiro, mudou-se para Tóquio para começar um novo negócio. Ele enriqueceu tirando proveito da situação do pós-guerra e, com trinta anos, retornou para o campo e abriu uma empresa de produtos alimentícios. Ele se casou com a minha avó e tiveram meu pai. Segundo minha mãe, a empresa de meu avô prosperou rapidamente com a onda de desenvolvimento econômico, e a família passou a ter uma vida abastada. No entanto, quando meu pai se formou no ensino médio, meu avô passou a empresa, que já estava consolidada, para seus subordinados e resolveu disputar as eleições, tornando-se membro da assembleia. Por quase uma década manteve-se no parlamento, mas os financiamentos das campanhas eleitorais acabaram com quase todo o seu patrimônio. Na época em que minha avó morreu, o único bem que ainda tinha era a casa em que morava. Depois disso, ele se aposentou da política e hoje vive tranquilamente sozinho.

A partir da quinta série passei a visitar o meu avô como se fosse uma tarefa assistencial e, nessas ocasiões, eu lhe contava sobre o que acontecia na escola e assistíamos às competições de sumô pela TV tomando cerveja. Vez por outra era meu avô quem contava histórias de quando era jovem. Certo dia ele me contou que, quando tinha uns dezessete ou dezoito anos, se apaixonou por uma garota, mas que pelas circunstâncias da vida eles não puderam ficar juntos.

— Ela tinha uma doença pulmonar — disse meu avô, tomando pequenos goles do Bordeaux, como de costume. — Hoje em dia já existe tratamento para a tuberculose, mas naquela época a pessoa precisava ter uma boa alimentação e ficar quietinha, repousando num local de ar puro. Naqueles tempos, se a mulher não fosse forte o suficiente, era considerada inapta para o casamento. Na época, não existiam os eletrodomésticos. Hoje é difícil imaginar, mas cozinhar e lavar roupa eram trabalhos pesados. Além disso, os jovens daquela época não relutavam em dar a vida pela pátria e eu não era exceção. E, apesar do que sentíamos um pelo outro, não podíamos nos casar. Estávamos cientes disso. Foram tempos difíceis.

— E o que aconteceu? — perguntei, enquanto tomava o café instantâneo.

— Fui convocado para o Exército e tive de passar alguns anos no quartel — respondeu meu avô. — Eu achava que nunca mais retornaria e que ela acabaria morrendo enquanto eu estivesse servindo o Exército. Por isso, antes de partir, eu me despedi dela e prometemos que ficaríamos juntos após a morte. — Ao dizer isso, meu avô se calou e seu olhar se tornou distante. — Mas a vida nos prega peças e, quando a guerra terminou, ainda estávamos vivos. É estranho. Quando achamos que não existe futuro, nos tornamos puros, mas quando há uma vida pela frente, sentimos brotar novamente o desejo. O meu era ficar com ela, e por isso resolvi ganhar dinheiro. Se eu fosse rico, poderia sustentá-la independentemente de ela ter ou não tuberculose.

— Foi por isso que o senhor foi para Tóquio?
Meu avô concordou, balançando a cabeça.

— Tóquio havia praticamente se transformado em cinzas — continuou ele. — A provisão de alimentos era péssima, e a inflação, exorbitante. Beirando a marginalidade, todos viviam desnutridos e ávidos por obter qualquer coisa, por menor que fosse. Eu fiz das tripas coração para conseguir juntar dinheiro. Fiz muitas coisas reprováveis. Não cheguei a matar ninguém, mas fora isso fiz de tudo. No entanto, enquanto eu me dedicava ao trabalho, descobriram um medicamento específico para a cura da tuberculose. A tal da estreptomicina.

— Já ouvi falar.

— E foi assim que ela se curou.

— Ela se curou?

— O fato de ela se curar foi ótimo, mas a cura significava que ela podia se casar. E é lógico que os pais dela logo trataram de casá-la. Logicamente, o quanto antes, para não passar da idade.

— E o senhor?

— Os pais dela não me aceitaram.

— Por quê?

— Eu estava envolvido em negócios com a máfia e já tinha sido preso. Os pais dela sabiam disso.

— Mas foi porque o senhor queria ficar com ela, não foi?

— O meu motivo era esse, mas eles não acreditaram. Queriam que a filha se casasse com um homem honesto. Se não me engano, ele era professor do ensino fundamental.

— Que coisa!

— Naquela época era assim. — Sorrindo, meu avô continuou. — Hoje essa história parece boba, mas naquela época os filhos não contrariavam seus pais. Ainda mais no caso dela, que sempre precisou de cuidados constantes. Para ela, era difícil recusar o noivo que os pais haviam escolhido e dizer que preferia ficar com outro homem.

— E o que aconteceu depois?

— Ela se casou. E eu me casei com a sua avó e nasceu o seu pai. Que por sinal é um tremendo cabeça-dura.

— O que eu quero saber é se o senhor desistiu dela.

— Era a minha intenção. E também devia ser a dela. O destino não nos queria juntos.

— Mas não conseguiu esquecê-la, não é mesmo?

Meu avô forçou levemente a vista e me observou atentamente. Depois, quebrou o silêncio dizendo:

— Numa outra ocasião eu te conto o restante da história. — E complementou: — Vamos aguardar você crescer mais um pouco.

Meu avô só retomou essa conversa quando eu estava cursando o ensino médio. As férias de verão do primeiro ano tinham acabado e logo no início das aulas do segundo semestre fui ao apartamento dele para assistir ao torneio de sumô pela TV; como sempre, tomando cerveja.

— Não quer jantar antes de ir? — perguntou meu avô, assim que terminou a luta.

— Não, obrigado. Minha mãe deve estar me esperando.

Eu tinha meus motivos para não aceitar o convite. É que o cardápio do jantar dele era quase só de enlatados: carne de vaca desfiada; carne cozida ao molho de soja com gengibre e uma pitada de açúcar; sardinha ao molho de soja, levemente adocicada. De verdura, aspargos em conserva. O acompanhamento das refeições era sempre *missoshiru*, sopa de pasta de soja, que logicamente também era instantânea. Era isso que meu avô comia todos os dias. De vez em quando, minha mãe dava uma passadinha no apartamento e lhe preparava algo, ou ele ia comer lá em casa; mas, basicamente, sua alimentação consistia de enlatados. Segundo ele, o mais importante para um idoso não era uma alimentação nutritiva, mas comer determinadas comidas, sempre na mesma hora.

— Hoje, estava pensando em pedir enguia... — disse meu avô quando eu me preparava para ir embora.

— Por quê?

— Por quê? Há alguma lei que proíbe comer enguia?

Meu avô pediu duas porções de enguia por telefone e, enquanto aguardávamos a entrega, tomamos mais uma cerveja assistindo à TV. Como de costume, meu avô abriu uma garrafa de vinho, mas só começaria a bebê-la depois do jantar, após deixá-la descansar de trinta minutos a uma hora. O hábito de tomar uma garrafa de Bordeaux a cada dois dias era o mesmo desde o tempo em que morou em nossa casa.

— Quero te fazer um pedido, Saku — disse meu avô, com um certo tom de formalidade, enquanto tomava a cerveja.

— Pedido? — indaguei. Sentado ali, fisgado pela enguia, tive de repente um mau pressentimento.

— Bem. É uma história meio longa.

Meu avô trouxe da cozinha sardinhas em óleo. Logicamente, em conserva. Nosso pedido chegou enquanto beliscávamos essa entrada e tomávamos cerveja. A história do meu avô era tão longa que, mesmo após comermos a enguia e tomarmos a sopa de peixe que acompanhava o prato, ainda não tinha terminado. Então, começamos a tomar o vinho. Se continuasse a beber nesse ritmo, aos vinte anos eu seria um legítimo alcoólatra. Acho que meu grau de tolerância ao álcool devia ser alto, por isso dificilmente ficava bêbado, desde que bebesse com moderação. Definitivamente, eu não era o tipo de garoto que passava mal só de comer conservas de legumes curtidos no saquê.

A longa história de meu avô só terminou quando secamos a garrafa de vinho.

— Você está bebendo bem, hein? — comentou ele, com certo orgulho e satisfação.

— Faço jus a ser seu neto.

— Seu pai, apesar de ser meu filho, não bebe nem uma gota.

— Deve ser um caso de atavismo.

— Quem sabe... — disse meu avô, balançando a cabeça para os lados como quem não está convencido disso. — E então? Sobre o meu pedido. Você vai me ajudar?

7

No dia seguinte, acordei com ressaca e dor de cabeça, e não tinha condições de assistir às aulas de trigonometria, muito menos de discurso indireto. No período da manhã, fiquei escondido atrás do livro tentando conter a ânsia de vômito e só depois da educação física, que era a quarta aula, é que comecei a me sentir gente novamente. Lanchei com a Aki no jardim interno. Ao ver a água jorrar do chafariz comecei a passar mal de novo e então mudei o banco de lugar, ficando de costas para o lago. Contei para Aki o que meu avô tinha conversado comigo na noite anterior.

— Então quer dizer que seu avô nunca deixou de gostar dela, não é? — disse Aki, com os olhos marejados.

— Parece que sim — concordei, ainda que um pouco confuso. — Ele bem que tentou esquecê-la, mas não conseguiu.

— E ela também não conseguiu esquecer o seu avô.

— Não é um absurdo?

— Por quê?

— Ora, porque já se passou meio século. Não há semente que resista tanto tempo assim.

— Você não acha lindo um casal manter esse sentimento durante tanto tempo? — exclamou Aki, tomada por um sentimento romântico.

— Todos os seres vivos envelhecem, sabia? Com exceção das células reprodutoras, todas envelhecem. Com o tempo, o seu rosto também vai começar a ter rugas.

— Onde é que você quer chegar, hein?

— Se eles tinham vinte anos quando se conheceram, após cinquenta anos eles estão na casa dos setenta.

— E...

— E você não acha estranho alguém ficar a vida toda pensando em alguém que agora é uma velhinha de setenta anos?

— Eu acho isso tudo muito lindo — retrucou Aki, com certa irritação.

— Ah, é? Então eles deveriam se encontrar num hotel, ou algo do gênero?

— Deixa pra lá! — Aki encarou-me com um olhar cheio de repreensão.

— Meu avô bem que seria capaz de fazer isso.

— Acho que quem é capaz de fazer isso é você, não é mesmo, Saku-chan?

— Eu não. Nunca!

— Nunca mesmo?

Interrompemos nossa discussão e a conversa só foi retomada à tarde, durante a aula de ciências. O professor de biologia explicou que 98,4% do DNA humano é idêntico ao do chimpanzé e que a diferença de genes entre os dois é menor do que entre o chimpanzé e o gorila. Isso significa que o parente mais próximo do chimpanzé não é o gorila, mas nós, os homens. Ao ouvir isso, a classe toda começou a rir. Qual é a graça, seus idiotas?!

Eu e Aki nos sentamos na parte de trás da sala e, como era de se esperar, continuamos falando sobre o meu avô.

— Será que isso seria traição? — falei, passando a uma questão crucial.

— É claro que se trata de um amor verdadeiro — Aki rebateu rapidamente.

— Mas tanto meu avô quanto ela eram casados com outras pessoas, não é?

Aki ficou pensativa, e depois de um tempo disse:

— Do ponto de vista da esposa e do marido, isso seria considerado traição, mas para os dois seria amor verdadeiro.

— Então quer dizer que para ser traição ou amor verdadeiro depende do ponto de vista?

— Digamos que são critérios diferentes.

— Como assim?

— É que o conceito de traição é determinado pela sociedade. Ele muda com o tempo e, se a sociedade aceita a poligamia, por exemplo, o conceito também será outro. Mas gostar de uma pessoa durante cinquenta anos é um caso que extrapola as convenções culturais ou históricas.

— Extrapola a própria espécie?
— Como?
— Será que um chimpanzé consegue gostar de uma única fêmea por cinquenta anos?
— Se consegue ou não, isso eu não sei.
— Então... Isso quer dizer que o amor verdadeiro é superior à traição.
— Não sei se seria o caso de se considerar superior.

Quando a conversa estava chegando ao clímax, o professor chamou nossa atenção:

— Ei, vocês dois aí. O que tanto conversam, hein?
— Depois da bronca, ficamos de castigo em pé no fundo da sala. É o poder da autoridade, pensei. Era permitido falar sobre a possibilidade de cruzamento entre um homem e um chimpanzé, mas não sobre o amor entre um homem e uma mulher capaz de transcender o tempo. Em pé, continuamos a conversar bem baixinho sobre o meu avô.

— Você acredita que existe outro mundo após a morte?
— Por quê?
— Porque meu avô prometeu para ela que os dois ficariam juntos após a morte.

Aki pensou um pouco e disse:

— Eu não acredito.
— Você não disse que rezava todos os dias antes de dormir?
— Eu acredito em Deus. — Sua resposta foi categórica.
— E qual a diferença entre Deus e o outro mundo?
— Você não acha que o "outro mundo" só foi inventado porque seria conveniente para o mundo de cá?

Pensei sobre isso.

— Se for assim, eles não vão conseguir ficar juntos no outro mundo.
— É só uma questão de acreditar ou não — justificou-se Aki. — O seu avô e ela pensavam de outro modo.
— É perfeitamente possível que Deus também tenha sido criado como conveniência deste mundo, não é? Existe até uma expressão "rogar a Deus..."

— Esse Deus, com certeza, não tem nada a ver com o meu.

— E por acaso existem muitos deuses? Ou seriam espécies de deuses?

— Não se teme o reino dos Céus, mas se teme a Deus, não é mesmo? Eu rezo todas as noites para esse Deus que me faz sentir medo.

— Você pede para que ele não te castigue?

Nisso, acabamos sendo expulsos. Sem nos intimidar, continuamos falando sobre o Céu e sobre Deus após o término da aula e fomos encaminhados para a sala dos professores, onde levamos um baita sermão tanto do professor de biologia quanto do professor responsável pela classe. Ambos disseram que achavam muito bom que fôssemos amigos, mas chamaram a atenção para que prestássemos mais atenção nas aulas.

Quando saímos pelo portão da escola, já era fim de tarde. Caminhamos em silêncio em direção ao parque Daimyô. No trajeto havia um campo para esportes e um museu de história. Havia também uma cafeteria chamada Jyôkamachi, a que fica nos "arredores do castelo". Certo dia, ao voltar da escola, resolvemos entrar nessa cafeteria, mas o café era tão ruim que nunca mais voltamos. Passamos em frente às antigas tabernas até chegar à margem do pequeno rio que corta a cidade. Aki só começou a falar quando atravessamos a ponte:

— Então, no final das contas, eles não puderam ficar juntos — disse como quem está retomando a conversa. — Mesmo após esperar cinquenta anos...

— Acho que eles pretendiam ficar juntos quando o marido dela morresse. — Eu também não conseguia deixar de pensar na história de meu avô. — Desde que minha avó morreu, ele ficou todo esse tempo sozinho...

— Quanto tempo?

— Acho que uns dez anos. Mas no final não deu certo, porque do lado de lá quem morreu primeiro foi ela, e não o marido.

— Essa história é muito triste.

— Acho que está mais para ridícula.

A conversa parou aí. Continuamos a caminhar, mais cabisbaixos que de costume. Passamos em frente à quitanda e à loja de tatames. Ao dobrar a esquina da barbearia, já estávamos próximos da casa de Aki.

— Saku-chan, ajude o seu avô — disse ela, quando viu que estava próximo de sua casa.

— Para você é fácil falar, mas não se esqueça de que é violação de sepultura.

— Você está com medo?

— Põe medo nisso!

— Esse tipo de coisa não é para você, não é mesmo, Saku-chan?

Ela riu.

— O que é tão engraçado assim, hein?

— Nada. Não é nada.

E nisso acabamos chegando a um ponto em que podíamos avistar a casa de Aki. Se eu seguisse um pouco mais, dobrasse a primeira rua à direita e atravessasse a rodovia, estaria em casa. A distância entre nossas casas era de uns cinquenta metros. Nós diminuímos os passos e, num certo momento, paramos para continuar a conversa.

— Mas isso não deixa de ser um delito, não é? — falei.

— Será mesmo? — ela indagou hesitante, voltando-se para mim.

— É claro que é.

— Que tipo de delito seria?

— Certamente, um crime sexual.

— Seu mentiroso!

Quando sorriu, seus cabelos nos ombros balançaram, destacando o branco da blusa. As nossas sombras esticadas estavam projetadas, da cintura para cima, no muro de concreto um pouco à frente.

— Bem, se eu for pego, levarei uma suspensão da escola.

— Se isso acontecer, vou te visitar.

Será que ela disse isso para me encorajar?

— Não sei como você consegue levar tudo numa boa. — murmurei, soltando um suspiro.

8

Avisei meus pais que passaria a noite no apartamento do meu avô. Era sábado à noite. No jantar encomendamos sushi. Meu avô estava generoso e pediu um prato de sushi especial. Isso, a despeito de eu sequer saber a diferença entre um sushi de atum gordo e um de ouriço-do-mar. E quando comi um abalone parecia que estava mastigando borracha. Nesse dia não tomamos cerveja nem o Bordeaux. A refeição foi acompanhada de chá, assistindo à retransmissão do jogo de beisebol na TV; depois, tomamos café. A transmissão foi interrompida no meio do jogo.

— Então, vamos? — perguntou meu avô.

O cemitério em que ela estava enterrada ficava na parte leste da cidade, num local um pouco afastado, bem atrás do templo no qual se cultuava a esposa de um antigo senhor feudal. Descemos do táxi perto do templo. A área ficava numa região alta e, nas secas de verão, era a primeira em que cortavam a água canalizada. Apesar de ser setembro, a noite estava muito fria.

Assim que passamos pelo pequeno portal ao lado da escadaria de pedra que levava ao templo principal, encontramos um caminho de terra vermelha que seguia para o cemitério. A parede do lado esquerdo era branca e mais adiante avistei uma casa que parecia ser a dos monges, mas não se via ninguém. Numa das janelas, que devia ser a do banheiro, se via uma única luz bem fraquinha. Do lado direito havia um cemitério antigo, dos tempos do xogunato. Iluminados pela luz da Lua, os santuários budistas com suas cúpulas inclinadas e as lápides com os cantos quebrados pareciam flutuar. As velhas árvores de cedro e cipreste plantadas nas encostas da montanha cobriam o caminho com seus galhos, de modo que praticamente não se podia ver o céu. Seguindo em frente, no final da trilha, encontramos o túmulo da esposa do senhor feudal. Em meio à escuridão vi que havia inúmeros outros túmulos de formato estranho enfileirados: uma combinação de cubos, esferas e cones. Ao passar por eles, viramos à esquerda e fomos em direção aos fundos do cemitério. Apesar de estar com uma lanterna pequena, procuramos nos guiar pela luz da lua para evitar que as pessoas do templo desconfiassem de nossa presença.

— Onde está? — perguntei ao meu avô, que seguia na frente.

— É mais adiante.

— O senhor já esteve lá?

— Já. — Meu avô não estava para conversa.

Afinal, quantos túmulos devia ter ali? Eles se espalhavam por quase toda a encosta. E cada um não deveria conter necessariamente apenas os restos de uma pessoa. Se a média fosse de dois ou três corpos por jazigo, era impossível calcular quantos corpos estariam enterrados no cemitério. Eu já tinha visitado cemitérios durante o dia, mas de noite, numa hora dessas, era a primeira vez. O cemitério à noite era diferente; dava para sentir um tipo de presença — ou uma espécie de respiração — dos mortos, que tornava a atmosfera mais densa. Ao olhar para cima, avistei alguns morcegos voando em torno de uma gigantesca copa de árvore que encobria o céu.

E, de repente, uma chuva de estrelas desaguou em meus olhos. Fiquei tão fascinado que, sem querer, acabei trombando com meu avô.

— É aqui?

— É aqui.

Era um túmulo simples. A lápide também tinha um tamanho normal e estava um pouco envelhecida, exposta ao tempo.

— O que vai fazer?

— Antes de qualquer coisa, vamos rezar.

Me parecia muito estranho uma pessoa que tinha ido roubar as cinzas pensar em rezar, mas meu avô acendeu o incenso que trouxera de casa e, em frente ao túmulo, respeitosamente uniu as palmas das mãos e permaneceu assim por algum tempo. Como não tinha outro jeito, eu também fiquei em pé atrás dele com as palmas unidas. Tentei pensar nesse gesto como um sinal de respeito aos demais corpos que estariam no mesmo jazigo.

— Pronto — disse meu avô. — Vamos empurrar isto.

Pegamos o incensório de pedra em que ele havia colocado o incenso e o colocamos ao lado do túmulo.

— Deixe a lanterna acesa.

Atrás do incensório havia várias placas de pedra formando a lápide. Com a chave de fenda que trouxera, meu avô começou a forçar em vários pontos ao redor de uma delas. Pouco a pouco a placa começou a ceder. Por fim, ele a segurou, como que fincando as unhas à sua volta, e a moveu lentamente. A cavidade era espaçosa: bem larga e bem profunda. Espaço suficiente para um homem de cócoras.

— Me passa a lanterna.

Assim que meu avô a pegou, pôs-se de bruços e deslizou metade do corpo para dentro da cavidade. Eu segurava suas pernas para que ele não caísse lá dentro. Depois de ficar um tempo mexendo e remexendo, ele me passou a lanterna e, com as mãos, retirou cuidadosamente uma pequena urna do tamanho de um pote de ameixa em conserva. Fiquei em silêncio o observando. Ele iluminou a base da urna e verificou o nome que estava grafado ali. Em seguida, desamarrou o laço e abriu a tampa bem devagar. Dentro dela, logicamente, havia cinzas. Ele ficou olhando para elas por um longo tempo. Quando o chamei, "Vô!", foi que percebi, com a claridade da lua, que seus ombros tremiam levemente.

Meu avô pegou um pouquinho de cinzas e colocou numa caixinha de madeira de quiri que trouxera consigo. A quantidade era tão irrisória que tive vontade de lhe dizer para não se acanhar e levar logo um montão, já que tivéramos todo o trabalho de ir até lá. Durante um tempo ele ficou olhando as cinzas dentro da urna até que finalmente colocou de volta a tampa e a amarrou com a corda. Como da vez anterior, segurei suas pernas e ele devolveu a urna ao túmulo. Recoloquei a placa de pedra. Vários pontos haviam ficado marcados pela ação da chave de fenda.

Quando um táxi nos levou de volta ao apartamento, já havia passado da meia-noite. Brindamos com uma cerveja gelada. Ao mesmo tempo que me sentia estranhamente realizado, também sentia uma inexplicável solidão.

— Me desculpe por ter abusado da sua boa vontade até tão tarde... — disse meu avô, como se tivesse causado um inconveniente.

— Tudo bem — respondi, colocando mais cerveja em seu copo. — Além disso — disse, com modéstia —, acho que o senhor teria feito tudo sozinho, vovô.

Meu avô tocou levemente os lábios na borda do copo e, com o olhar perdido, pensava em algo. Por fim, levantou-se e retirou um livro da estante.

— Você já deve ter estudado poesia chinesa, não é? — disse ele, enquanto abria a página de um livro bem velho. — Leia este poema.

O título do poema era *Kassei*. Li rapidamente a transcrição japonesa do poema chinês, na parte inferior da página.

— Você entendeu o que ele diz?

— Ele diz que, quando morrer, quer ser enterrado na mesma sepultura, não é isso?

Sem dizer nada, meu avô assentiu com a cabeça e em seguida declamou: "Dias de verão; noites de inverno; decorridos longos anos, para junto de ti retornarei." O último trecho foi recitado de cor: "Longos dias de verão, longas noites de inverno, tu estás aqui a descansar. Daqui a alguns anos eu também descansarei ao teu lado. Tranquilamente, aguardo esse dia chegar..."

— A mulher que ele amava morreu, não é?

— Lendo isso, pode-se dizer que, apesar do enorme progresso que alcançamos, os sentimentos mais profundos do ser humano não mudaram muito. Este poema foi escrito há uns dois mil anos, ou até mais. É um poema muito antigo, do tempo em que não havia formas poéticas fixas tais como o *zekku* e o *risshi*, que vocês devem ter aprendido na escola. Mas você não acha que os sentimentos dessas pessoas que escreveram o poema ainda hoje conseguem ter repercussão em nós? Eu acho que as emoções podem ser compreendidas por qualquer pessoa, independentemente de ela ter instrução ou cultura.

A pequena caixa de quiri estava sobre a mesa. Se alguém a visse, e não soubesse o que continha, certamente pensaria que guardava um cordão umbilical ou algum tipo de condecoração. Eu me sentia meio estranho.

— Quero que fique com isso — disse meu avô, surpreendendo-me. — Quando eu morrer, coloque junto com as minhas cinzas.

— Ei! Espere um pouco — hesitei.

— Misture um tanto de cinzas dela com as minhas e espalhe em algum lugar que você ache bom — repetiu novamente, como se fosse o seu último desejo.

Foi aí que me dei conta — um pouco tarde, diga-se de passagem — das verdadeiras intenções de meu avô. De fato, se a questão fosse apenas roubar as cinzas, certamente ele já o teria feito sozinho. Na verdade, havia um motivo especial para ele ter revelado, justamente ao neto, todo o seu plano, fazendo-me apoiá-lo e, em seguida, me tornar seu cúmplice.

— E então, você promete?

— Eu não posso prometer isso — respondi rapidamente.

— Por favor, atenda o desejo deste pobre velho — pediu ele, com a voz de quem ia desatar em lágrimas.

— O senhor quer que eu atenda o seu desejo, mas não vai dar.

— Mas não custa nada!

Nesse momento, me lembrei de como meu pai reclamava com minha mãe sobre como meu avô era egoísta. E não é que ele era mesmo? Meu avô era egoísta. Só queria satisfazer seus desejos e não estava nem aí para os outros.

— Tem certeza de que quer deixar comigo uma coisa tão importante? — Tentei persuadi-lo a mudar de ideia.

— E para quem mais eu deveria deixar?

— Para o meu pai, talvez? — disse, disposto a conciliar os ânimos entre eles. — Afinal, como ele é o seu filho, não é ele quem irá representar a família no seu funeral?

— Aquele cabeça-dura nunca entenderia os nossos sentimentos.

— Nossos?... — falei, sem entender direito a colocação.

— O que quero dizer é que nós dois nos damos bem — disse ele. — Eu tinha certeza de que você entenderia essas coisas e por isso fiquei esperando você crescer.

Era evidente que tudo havia começado na noite em que eu fora fisgado pela enguia. Ou talvez não; podia ter começado bem antes disso. Sob a aparente superfície calma das águas, um plano já devia estar sendo meticulosamente levado a cabo. Desde o momento em que me dei por gente, meu avô foi ganhando minha confiança para que enfim chegasse esse dia. Pensando assim, me senti a própria jovem dama Wakamurasaki, que caíra nas mãos do príncipe Genji.

— E quando o senhor vai morrer? — Sem querer, minha pergunta soou indiferente.

— Vamos descobrir quando chegar a hora — meu avô respondeu, sem se incomodar com o tom da pergunta.

— E quando será essa hora?

— É justamente por não saber que se diz "quando chegar a hora". Se eu soubesse quando seria, era só uma questão de planejar.

— Se é assim, não posso garantir que estarei ao seu lado, não é mesmo? E se eu não estiver na hora da cremação, como acha que vou conseguir pegar suas cinzas?

— Bem, se isso acontecer, basta roubar as cinzas do túmulo, como fizemos esta noite.

— Quer que eu faça isso de novo?

— Por favor — meu avô começou a insistir. — Você é a única pessoa a quem posso pedir isso.

— Mas...

— Sabe, Sakutarô, perder uma pessoa amada é muito triste. Não existe nenhuma forma concreta de expressar tamanha tristeza. E, por mais que tentemos, nunca conseguimos preencher esse vazio, não podemos materializá-la. Lembra o que estava escrito naquele poema? A separação é triste, mas um dia estaremos novamente juntos. Por favor, nos ajude a realizar o nosso desejo de ficarmos juntos.

Sempre tive respeito pelos idosos, mas tenho de admitir que o que me sensibilizou foi o modo como meu avô empregou o pronome na primeira pessoa do plural.

— Está bem — concordei a contragosto. — É só espalhar, não é?

— Você vai realizar o desejo desse velho? — Meu avô, de repente, ficou com o rosto radiante.

— Não tenho saída, tenho?

— Sinto muito — disse meu avô, voltando os olhos para o chão num gesto de humildade.

— Mas isso de jogar onde eu achar melhor é complicado. Acho melhor o senhor me dizer exatamente onde devo espalhar as cinzas.

— Se é assim, então vamos ver... — disse meu avô, pensativo. — É difícil prever como o lugar estará quando eu morrer. Mesmo que eu te diga para espalhar no pé de uma árvore, daqui a uns dez anos ela pode estar embaixo de uma rodovia.

— Se isso acontecer, não seria o caso de mudar de lugar?

Meu avô pensou mais um pouco e disse:

— Acho melhor deixar a seu cargo. Use o bom-senso.

— Ah, não! Me dê pelo menos uma ideia. O que o senhor prefere? Mar, montanha ou céu?

— Bom... acho que prefiro o mar.

— Então será no mar.

— Mas não quero num local em que a água esteja muito suja.

— Ok. Entendi. Vou espalhar num local de água limpa.

— Espere um pouco... Se for no mar, a maré irá espalhar rapidamente as cinzas.

— É. Acho que sim.
— É melhor então na montanha.
— Então será na montanha.
— Tem de ser uma montanha que ainda não foi invadida pela ocupação humana.
— Entendi. Vou espalhar no alto de uma montanha que seja pouco visitada.
— Seria ótimo se ao redor tivesse flores silvestres.
— A-há. Flores silvestres.
— Ela gostava muito de violetas.

Cruzei os braços e fiquei olhando para a cara de meu avô.

— O que foi?
— O senhor não acha que já está exagerando?
— Ah! Me desculpe. — Meu avô desviou o olhar e ficou magoado. — Perdoe os caprichos de um velho.

Soltei um suspiro exagerado para que ele também pudesse ouvir.

— Bem. Então devo espalhar as cinzas numa montanha pouco visitada, onde cresçam violetas silvestres.
— Você não está levando isso na brincadeira, está?
— É claro que não.
— Ah, bom!

9

No dia seguinte, assim que cheguei em casa, um pouco antes da hora do almoço, resolvi telefonar para Aki perguntando se ela poderia se encontrar comigo. Ela já tinha um compromisso, mas poderia no final da tarde, e por isso combinamos de nos encontrar durante uma hora, por volta das cinco.

Havia um santuário xintoísta que ficava praticamente no meio do caminho entre nossas casas. Da minha era só andar uns quinhentos metros acompanhando o rio no sentido sul, atravessar a ponte e já estava em frente ao *torii* — o portal principal do santuário. Ao passar pelo estacionamento de terra batida, havia uma longa escadaria de pedra que levava até a metade de uma montanha não muito alta. O santuário ficava no final desta escadaria e daí se podia ver uma pequena estrada do lado leste. Ela passava no meio da zona residencial e seguia até a rodovia. A casa de Aki ficava um pouco adiante, atravessando o semáforo em frente à delegacia de polícia. Eu queria chegar ao santuário um pouco antes do horário combinado para vê-la chegar. Quanto antes eu conseguisse avistá-la, mais contente eu me sentiria.

Sem saber que estava sendo observada, Aki pedalava a bicicleta com o corpo ligeiramente inclinado para a frente. Assim que deixou a bicicleta na base leste da montanha, pôs-se a subir rapidamente a escadaria de pedra; era menos extensa que a outra que eu tinha subido.

— Me desculpe pela demora — disse ela, ofegante.

— Não precisava correr.

— É que não temos muito tempo, não é? — falou soltando o fôlego.

— Você tem algum compromisso depois? — perguntei, olhando o meu relógio.

— Não. Só tenho que tomar banho e jantar.

— Então para que a pressa?

— Vai escurecer.

— O que pretende fazer?

— Eu? — Aki sorriu. — Não foi você quem me chamou?

— Não vou te segurar muito tempo.

— Então eu não precisava correr tanto.

— É o que eu estou tentando te dizer.

— Antes de mais nada, que tal sentar?

Nós nos sentamos no último degrau da escada de pedra que Aki tinha acabado de subir. A nossos pés, tínhamos uma visão panorâmica da cidade. De algum lugar, o vento trazia o perfume de jasmim.

— Então! Por que você me chamou?

— O céu no leste já está escuro, não acha?

— O quê?

— Esta noite vamos ver um óvni.

— Como assim?
— Olhe isto.
Tirei do bolso do blusão a tal caixinha. Para que a tampa não abrisse, prendi-a com um elástico bem largo. Aki deve ter desconfiado do que havia ali e instintivamente afastou um pouco o corpo.
— Você pegou?
Somente concordei, sem dizer nada.
— Quando?
— Ontem à noite.
Tirei o elástico e abri a tampa com cuidado. No fundo da caixa havia pedacinhos de ossos esbranquiçados. Aki olhou dentro da caixa para conferir.
— Que pouquinho, né?
— É que meu avô fez cerimônia e só pegou isso. Não sei se foi por respeito ou porque se sentiu intimidado.
Ela nem prestava atenção no que eu dizia.
— Por que algo tão importante ficou com você? — perguntou.
— É que fiquei de guardar para ele. Quando meu avô morrer, vou misturar as cinzas dos dois e espalhar em algum lugar.
— É o último desejo dele?
— Acho que sim.
Contei a ela sobre o poema chinês de que meu avô gostava.
— Significa que o desejo deles é ser enterrados juntos.
— Enterrados juntos?
— Após a morte, eles querem ficar juntos no mesmo túmulo. O meu avô disse que, para consolar o coração de alguém que perde a pessoa amada, ela precisa acreditar que algum dia estará novamente ao seu lado. E esse tipo de sentimento, segundo ele, nunca mudou e jamais mudará.
— Então, não seria o caso de eles serem enterrados no mesmo túmulo?
— É que no caso deles, a princípio, seria uma espécie de traição, e, sendo assim, não seria apropriado serem enterra-

dos juntos, não acha? Foi por isso que ele improvisou e pediu que eu espalhasse as cinzas. Enfim, sobrou para mim.

— Que história linda!

— Se eles querem ficar realmente juntos, não seria melhor comê-la?

— Os ossos?

— Não deixa de ser uma fonte de cálcio.

Aki deu uma risada discreta.

— Se eu morresse, você comeria os meus ossos?

— Eu bem que gostaria.

— Não quero.

— Queira ou não, estando morta, você não poderia impedir, não é? Eu abriria seu túmulo, como fiz ontem à noite, tiraria seus ossos e comeria um pouquinho todas as noites... Seria uma prática para manter a saúde.

Ela riu de novo, mas logo ficou séria.

— Eu gostaria que minhas cinzas fossem espalhadas num lugar bem bonito — disse ela, com um olhar distante, e acrescentou: — Túmulos são locais meio escuros e sombrios.

— Não estamos falando sério, estamos?

Em vez de rir, paramos de conversar e, em silêncio, ficamos olhando as cinzas dentro da caixa.

— Está se sentindo mal?

— Não — disse ela, balançando negativamente a cabeça. — Nem um pouco.

— No começo, eu não queria ficar com a caixa, mas agora que estamos vendo juntos, sinto uma paz interior.

— Eu também.

— Não é estranho?

O sol havia se posto e começava a escurecer. Um sacerdote, vestido a caráter com seu tradicional *hakama* branco, vinha subindo as escadarias de pedra e, ao se aproximar, nós o cumprimentamos: "Boa noite!"

— O que estão fazendo? — perguntou ele, sorrindo.

— Nada de mais — respondi.

— É melhor fechar a tampa — disse Aki, assim que o sacerdote se foi.

Coloquei o elástico na caixinha e a guardei no bolso do blusão. Ela ficou um tempo olhando o bolso estufado. Depois, observou o céu e comentou:

— Já dá pra ver as estrelas! Você não acha que ultimamente as estrelas estão mais brilhantes?

— Sabia que é por causa do CFC? Com a destruição da camada de ozônio o ar se tornou menos denso, e é por isso que elas estão mais nítidas.

— É mesmo?

Ficamos um bom tempo em silêncio, contemplando o céu.

— Pelo jeito, acho que não vai aparecer nenhum óvni — falei.

Aki deu uma risada meio sem graça.

— Vamos embora?

— Vamos — concordei baixinho.

Quando as últimas luzes do céu estavam prestes a se apagar, dei-lhe um beijo. Nossos olhos se encontraram, formaram um elo invisível e, quando me dei conta, nossos lábios se tocaram. Seus lábios tinham o aroma de folhas secas. Ou seriam as folhas caídas que haviam sido queimadas pelo sacerdote no jardim do santuário? Ela roçou a mão no bolso do blusão em que eu havia guardado a caixinha e pressionou seus lábios contra os meus. De novo, senti o cheiro de folhas secas; desta vez, com mais intensidade.

Capítulo II

1

Peguei uma Coca-Cola da geladeira e a tomei em pé. Um vasto deserto avermelhado estendia-se janela afora. Nele, a cada dia se inicia um novo ano: durante o dia, um intenso sol de verão, e, à noite, a temperatura despenca, a ponto de gelar. Nesse ciclo, as quatro estações do ano — à exceção da primavera e do outono — renovam-se a cada vinte e quatro horas.

O ar-condicionado do quarto, em vez de refrescar o ambiente, era tão frio que o deixava gelado. Era difícil acreditar que uma janela — uma única folha de vidro — fosse capaz de isolar esse ambiente do deserto que se estendia lá fora, com temperaturas que ultrapassavam os cinquenta graus Celsius. Fiquei olhando o deserto. Somente ao redor do hotel é que se viam alguns eucaliptos bem altos, parecidos com salgueiros, e um pouquinho de grama, ainda que modesta. Um pouco adiante, não havia mais nada. Sem nenhum obstáculo à vista, o olhar se estendia ao infinito, indo se perder em meio à vastidão.

Os pais de Aki tinham ido conhecer o deserto num passeio turístico de ônibus. Disseram que iam visitar os locais que ela não pôde ver. Eles me convidaram para acompanhá-los, mas preferi ficar no hotel, sozinho. Não estava com disposição para turismo. O que meus olhos viam, ela não podia ver: não vira e nunca veria. Eu me perguntava: "Onde estou?" Logicamente, podia identificar o ponto geográfico por meio de coordenadas de latitude e de longitude. Mas isso não tinha sentido para mim. Onde quer que fosse esse "onde", para mim era lugar nenhum.

Tudo o que eu via era deserto: mesmo as montanhas e os prados de um verde exuberante, o mar resplandecente e a cidade repleta de pessoas indo e vindo. Eu não precisava ter ido até ali, a um lugar daqueles. Afinal, com a morte de Aki, o mundo todo havia se transformado em deserto. Ela tinha partido — fugido para além dos confins do mundo. Enquanto estava no encalço dela, o vento e a areia iam apagando minhas pegadas.

No restaurante do hotel, turistas com roupas casuais faziam as refeições.

— Como foi o deserto? — perguntei aos pais de Aki.

— Estava muito quente — respondeu o pai dela.

— Vocês subiram no Ayers Rock?

— Ih! Ele não leva jeito para essas coisas... — a mãe de Aki tomou a palavra. — Onde já se viu? Tem menos fôlego do que eu!

— Você é que tem sobrando...

— É melhor parar de fumar, não acha?

— Quero parar, mas...

— Mas você não consegue.

— É que não é fácil...

— É porque não está levando a sério. Isso de querer parar é só da boca pra fora.

Eu escutava essa conversa, mas não que estivesse prestando atenção. Como é que eles conseguiam conversar desse jeito, tão normalmente? Sei que a intenção deles era me deixar mais à vontade, mas mesmo assim... Como? Se Aki não está mais aqui, não há mais nada para falar...

Assim que descemos do ônibus, deparamos, logo à nossa frente, com uma gigantesca montanha rochosa. Sua superfície acidentada lembrava as corcundas de um camelo. E havia muitas delas, formando enormes maciços. Muitos turistas escalavam a montanha, enfileirados e agarrados a correntes. Nessa montanha havia muitas cavernas formadas pela erosão do vento e, nas paredes, algumas pinturas rupestres feitas pelos aborígines.

A subida era muito mais íngreme do que eu tinha imaginado. Logo comecei a suar e senti minhas têmporas pulsarem. As protuberâncias da rocha pareciam os músculos dos braços de um gigante. Após subir uns dez metros, finalmente a encosta tornou-se menos íngreme. Ao atingir o topo, começamos a descer. Seguimos adiante vencendo vários montes, dessa vez menores. Após passar por vários deles, deparamos com uma fenda enorme e profunda bem abaixo de nossos pés. Os raios transparentes do sol incidiam sua luz e revelavam antigos estratos nas rochas.

Antes de subir, eu tivera a impressão de que o ar estava parado. Mas, lá no alto, o vento era muito forte. Em compensação, apesar do sol inclemente, o calor não era tão intenso como deveria ser. À minha frente, uma névoa esbranquiçada cobria a divisa entre o céu e a terra, anuviando a linha do horizonte. Em todas as direções, avistava-se o mesmo cenário. O céu estava límpido, sem nuvens. Delicadas graduações de azul — do lazúli ao celeste — eram os únicos elementos a compor o céu.

Num restaurante simples, no sopé da montanha, comi uma torta de carne, tão quente que quase queimei a boca. Um Cessna sobrevoou a montanha rochosa. Por aqui, as pessoas vão a todos os lugares de avião. Elas vivem se deslocando de um aeroporto a outro. E vi alguns aviões pequenos e carros abandonados no deserto. Pelo visto, num continente em que a oficina mais próxima fica a centenas de quilômetros de distância, os veículos quebrados acabam sendo deixados ao sabor do vento. Bem na minha frente estava a montanha de rocha que havíamos acabado de escalar. Sobre a superfície arredondada havia inúmeras fendas.

— Vocês não acham que parece um cérebro humano?
— Quando alguém fez esse comentário, a garota que estava na mesma mesa, comendo carne moída com molho, berrou histérica:
— Para com isso!

Aki não fazia parte dessa conversa; e eu muito menos. Assim, era como se eu não estivesse ali. Estava perdido em algum lugar que não pertencia ao passado nem ao presente; em algum lugar onde não havia vida nem morte. Não sei como vim parar aqui. Só sei que, quando me dei conta, já estava aqui: um lugar que não sei onde é; um lugar em que não sei dizer quem sou.

— Querem comer alguma coisa? — perguntou a mãe de Aki.

O pai pegou o cardápio no canto da mesa e o entregou para a esposa. Ela abriu o menu na minha frente de modo que eu também pudesse escolher.

— Como é que eles conseguem oferecer um cardápio tão variado de frutos do mar se estamos em pleno deserto? — ela comentou, um tanto surpresa.

— Esse é o país do transporte aéreo — respondeu o pai.

— Não quero comer canguru; nem búfalo.

O garçom se aproximou. Como eu não me manifestei logo, os dois pediram salmão da Tasmânia marinado e ostras. Para acompanhar, pediram um vinho branco comum, de preço acessível. Ficamos em silêncio até a refeição ser servida. O pai de Aki também me serviu o vinho. Enquanto bebíamos, o garçom voltou com os pratos. Aproveitei e pedi a ele uma garrafa de água. Eu estava morrendo de sede.

Assim que tomei o primeiro gole, de repente, não escutei mais nada ao meu redor. Era uma sensação muito diferente daquela que temos quando a água entra no ouvido. Eu não conseguia ouvir absolutamente nada; nenhum som: nem o das pessoas conversando, nem o dos garfos e das facas tocando os pratos. Não escutava nada, absolutamente nada. Os pais de Aki pareciam estar apenas movendo os lábios, sem emitir sons.

Nesse silêncio, o único som que eu conseguia captar era o de alguém mordendo um biscoito. Esse som parecia vir de longe, mas também parecia vir de bem pertinho de meu ouvido: "Crac, crac, crac, crac..."

* * *

Naquela época, ainda não tinha consciência de quão séria era a doença de Aki. Nunca tinha me passado pela cabeça ligar a morte a nós dois. Para mim, a morte era algo que só acontecia com os velhos. É lógico que às vezes ficávamos doentes: ora pegávamos gripe, ora nos machucávamos, mas a morte era outra coisa; era algo diferente disso tudo. A morte vinha após várias décadas de vida; após a pessoa ter envelhecido pouco a pouco. Uma estrada totalmente branca, reta, rumo ao além, cujo final não podíamos enxergar, envolto em luzes ofuscantes. Uns dizem que no final só existe o "nada"; mas mesmo essas pessoas não podem, de fato, comprovar o que dizem. A morte era isso.

— Eu queria tanto ter ido... — murmurou Aki, após agradecer o presente que eu lhe trouxe da excursão. Ela segurava no colo a boneca de madeira feita pelos aborígines. — Sabia que, desde criança, quase nunca tive gripe? E olha só! Tinha que ficar doente justo agora...

— Vão surgir outras oportunidades! — falei, tentando consolá-la. — Cairns fica a sete horas daqui, é como ir até Tóquio de trem-bala.

— É. Eu sei. — Aki ainda se mostrava inconformada. — Mas é que eu queria ter ido com todo mundo.

Retirei da sacola alguns doces que havia comprado numa loja de conveniência. Um pudim e um pacote de biscoitos de que ela gostava.

— Você quer?

— Quero, obrigada.

Comemos o pudim em silêncio. Assim que o terminamos, abrimos o pacote de biscoitos. Em um certo momento, parei de mastigar e fiquei prestando atenção no barulho que ela fazia ao morder o biscoito com os dentes da frente: "Crac, crac, crac, crac..." Até parecia que ela estava me comendo. Dei um tempo e retomei a conversa:

— Você pode ir para lá na lua de mel! — disse.

Aki, até então distraída, voltou-se para mim com uma expressão confusa.

— Como?

— Você pode ir para a Austrália na lua de mel.

— É mesmo — ela concordou, sem prestar muita atenção. Mas, caindo em si, indagou:
— Com quem?
— Como assim, com quem? Comigo!
— Com o Saku-chan? — disse ela, rindo.
— Não é?
— Claro que é! — disse, contendo o riso. Em seguida, comentou: — Mas é estranho.
— O quê?
— Isso de lua de mel.
— Qual das duas coisas é estranha?
— Que duas?
— A lua de mel ou a viagem?
Aki pensou e, após um momento de reflexão, respondeu:
— Acho que é a lua de mel.
— O que é que você acha estranho na lua de mel?
— Não sei.
Peguei um biscoito da caixa. A cobertura de chocolate já estava meio derretida. Ainda estávamos numa estação assim.
— Pensando bem, realmente é estranho.
— Não é mesmo?
— Eu e você em lua de mel...
— Não é engraçado?
— É como se a Madonna dissesse: "Na verdade, ainda sou virgem."
— O que é que você está querendo dizer?
— Sei lá.
Nossa conversa parou por aí. Mordíamos o biscoito como se estivéssemos mordendo o tempo: "Crac, crac, crac, crac..."
Isso tudo parece pertencer a um passado muito distante.

2

Com a proximidade do verão, entrávamos na estação do ano em que os dias iam se tornando cada vez mais longos.

Isso era ótimo, pois, como demorava a escurecer, aproveitávamos para perambular no caminho entre a escola e nossas casas. O ar estava impregnado de um agradável aroma de folhas verdes. O trajeto que gostávamos de fazer era o do santuário, onde sempre nos encontrávamos, seguindo o rio até a nascente. Nas margens, a relva crescia viçosa, e peixes saltitavam no rio. Ao entardecer, sapos coaxavam. De vez em quando, num local mais deserto, nos beijávamos, tocando levemente os lábios. Eu gostava de roubar-lhe um beijo rápido, sorrateiro. Era como desfrutar o pedaço mais gostoso de uma fruta que o mundo me oferecia.

Num desses dias, após a escola, fomos até a nascente do rio e, na volta, resolvemos sentar na escadaria de pedra do santuário, para planejar onde iríamos passear no próximo feriado de maio. Aki queria ir ao zoológico. Mas, na cidade, não havia nenhum. O mais próximo estava a duas horas de trem, na cidade em que ficava o aeroporto. O trajeto de ida e volta era de quatro horas. Por mim, podíamos ir a alguma praia ou montanha das redondezas, mas Aki estava com a ideia fixa de ir ao zoológico e dizia que, se saíssemos bem cedo, teríamos pelo menos cinco horas para nos divertir.

— Vou levar o almoço — ela disse. — Pode deixar que também vou levar para você, está bem? Assim, economizamos o dinheiro da comida.

— Obrigado. Só falta o dinheiro das passagens.

— Você acha que consegue?

Eu tinha economizado as diárias que recebi trabalhando na biblioteca. Se eu deixasse de comprar alguns CDs que tanto queria, dava para pagar o passeio.

— Na sua casa, não tem problema?

— Na minha casa? — Aki inclinou a cabeça, estranhando a pergunta.

— O que você vai dizer para sair?

— Que vou ao zoológico com o Saku-chan. Não é isso?

Sem dúvida, era isso mesmo; mas anunciar o passeio de modo tão explícito me fazia sentir como se estivéssemos indo a uma excursão da escola.

— Na poesia chinesa clássica, a palavra "explícito" tem o sentido de "improvisação", de "sutileza"; você sabia disso?

Ela estreitou os olhos, desconfiada:

— O que você tem em mente?

— Nada de mais. Só estava me perguntando o que sua família pensa a meu respeito.

— O que eles pensam?

— Será que eles já me reconhecem como o futuro marido da filha?

— É claro que não! — Ela começou a rir.

— Por quê?

— Ora, porque temos apenas dezesseis anos.

— Daqui a pouco vamos ter vinte.

— Que conta é essa?

Olhei distraidamente suas pernas à mostra abaixo da saia. Na penumbra do entardecer, suas meias branquíssimas chegavam a ofuscar os meus olhos.

— Seja como for, quero me casar logo com você, Aki.

— Eu também quero. — Sua resposta foi simples e natural.

— Quero estar sempre ao seu lado.

— Eu também.

— Se queremos isso, por que não pode ser assim?

— Nossa! O que aconteceu? De repente, você até mudou o seu jeito de falar...

Ignorei o comentário e continuei:

— Sabe por que não pode ser assim? Porque o casamento nada mais é do que um acordo estabelecido entre um homem e uma mulher socialmente independentes. Isso significa que as pessoas doentes ou as que estão impossibilitadas de se tornar independentes jamais poderão se casar.

— Está vendo só? Você já está sendo extremista de novo — disse Aki, com um suspiro.

— O que você acha que significa ser socialmente independente?

Ela pensou um pouco e disse:

— Trabalhar e ganhar o seu próprio dinheiro?

— O que significa ganhar dinheiro?

— Hummm...

— Significa desempenhar uma função na sociedade de acordo com a sua capacidade. O dinheiro seria a recompensa por essa capacidade. Sendo assim, por que uma pessoa não pode ser remunerada por ter a capacidade de gostar de alguém?

— Será que é porque só vale se for algo útil para as pessoas?

— E você acha que existe alguma coisa mais útil do que gostar de alguém?

— Nossa! Não sabia que meu futuro marido era um homem capaz de dizer essas coisas descabidas, sem nenhuma vergonha...

— Por mais que as pessoas digam coisas bonitas da boca pra fora, a maioria só vive pensando em si mesma, não é? — continuei a argumentar. — Para elas, o que importa é poderem comer coisas gostosas; poderem comprar o que quiserem; mas, quando uma pessoa passa a gostar de outra, essa outra se torna mais importante do que ela. Se tivéssemos pouca comida, eu daria a minha parte para você, Aki. Se tivéssemos pouco dinheiro, eu deixaria de comprar o que queria para poder comprar o que você queria. Se você dissesse que a comida estava gostosa, eu me sentiria igualmente satisfeito e, se você fosse feliz, eu também seria igualmente feliz. Isso é gostar de alguém. Você acha que existe alguma coisa mais importante do que isso? Eu acho que não. Uma pessoa que descobriu a capacidade de gostar de alguém com certeza descobriu algo muito mais importante do que as descobertas premiadas com o Nobel. Se o ser humano não é capaz ou não quer dar a devida importância a isso, melhor seria se o homem fosse extinto para sempre. Tomara que ocorra uma colisão de planetas ou algo que o valha e rapidamente tudo seja destruído.

— Saku-chan! — disse Aki, chamando-me pelo nome para tentar me acalmar.

— Tem gente que se acha o tal só porque é um pouco mais inteligente, mas na verdade é um trouxa. Tenho vontade de dizer para essa pessoa ficar estudando a vida toda. Eu diria o mesmo para os que só pensam em enriquecer. Os que têm habilidade para ganhar dinheiro, que fiquem a vida toda ganhando dinheiro. E com o dinheiro que ganharem, que passem a nos sustentar.

— Saku-chan...

Quando ela me chamou pela segunda vez, finalmente parei. Ela esboçava um sorriso tímido e, ao aproximar seu rosto do meu, inclinou levemente a cabeça:

— Você me dá um beijo?

O zoológico era igual a todos os outros. O leão estava dormindo, o porco-da-terra brincava na lama e o tamanduá comia formigas. O elefante circulava pela jaula e despejava fezes gigantes, o hipopótamo bocejava feito bobo dentro d'água e a girafa, com o pescoço esticado, comia as folhas das árvores e olhava para baixo com desdém. Aki era tão fanática pelos animais que, independentemente da aglomeração, sempre conseguia abrir espaço na multidão. Ao ver o lêmure, Aki dizia coisas do tipo "Olha só! Olha como ele usa o rabo com agilidade!", ou chamava a iguana atrás do vidro dizendo: "Vem pra cá, vem!"

Não entendo qual é a graça de pagar para ficar vendo girafas e leões. Para mim, zoológico é apenas um lugar fedido. Eu me preocupo com a preservação da natureza e os problemas ambientais, mas isso não quer dizer que eu seja naturalista ou ecologista. Apenas quero ser feliz com a Aki. É por isso que quero que o verde e a camada de ozônio sejam preservados; é apenas por isso. De um modo geral, sou a favor de proteger os animais, porém, mais do que sentir pena deles, tenho raiva das pessoas violentas e arrogantes que os maltratam e os matam. É justamente nesse ponto que Aki se engana, achando que eu sou uma pessoa boazinha que adora os animais. Por isso é que ela veio com a história de "Saku-chan! No próximo feriado, vamos ao zoológico? Zoológico!", mas se ela acha que vou ficar contente vendo o guaxinim e a cobra píton, está redondamente enganada. Em vez disso, preferia mil vezes que ela me deixasse beijá-la ou deixasse tocar pelo menos os seus peitos... Mas, apesar de querer isso, jamais teria coragem de dizer a ela. Afinal, sou um sujeito tímido.

    Lanchamos perto da jaula do gorila-das-terras-baixas. O gorila estava quietinho coçando o sovaco no canto da jaula. De vez em quando ele aproximava o nariz do sovaco e parecia cheirá-lo. Pelo jeito como ele agia, parecia se incomodar com o próprio cheiro. De tanto vê-lo repetir essa cena, achei que ele devia estar com algum tique nervoso.

    — As cinzas daquela mulher de que seu avô gostava ainda estão com você? — perguntou Aki depois do almoço, enquanto tomávamos chá Oolong em lata.

    — Estão comigo. Foi meu avô quem pediu.

    — É mesmo — disse ela, sorrindo.

    — Por quê? Algum problema?

Aki pensou por uns instantes e perguntou:

    — O seu avô acabou se casando com outra pessoa, não é?

    — E com isso eles criaram condições para eu existir.

    — Como eles eram?

    — Meu avô e minha avó?

Ela concordou com a cabeça.

    — Minha avó morreu cedo, por isso não sei dizer muito sobre ela, mas acho que eram um casal normal. Até que se davam bem, creio eu. Afinal, para ter tido um filho tão tranquilo como o que tiveram...

    — Tranquilo?

    — É. É o meu pai. Dizem que quando um casal não se dá bem, o filho se torna uma pessoa meio problemática, meio sensível.

Aki não fez nenhum comentário, mas perguntou:

    — O que seria mais feliz?

    — Como assim?

    — Viver com a pessoa amada ou viver com outra pessoa pensando na pessoa amada?

    — É claro que é viver com a pessoa amada.

— Mas vivendo junto você acaba conhecendo os defeitos dessa pessoa, não é mesmo? E também fica brigando por qualquer besteira. Quando essas brigas se tornam constantes, por mais que a gente goste da pessoa no início, com o decorrer dos anos a gente acaba não sentindo mais nada.

Ela dizia isso com convicção.

— É uma visão bem pessimista, hein?

— Você também não pensa assim, Saku-chan?

— Eu acho que sou mais otimista. Suponhamos que eu goste muito de uma pessoa. Após dez anos, vou gostar ainda mais dela. Vou gostar até do que não gostava no começo. E, cem anos depois, vou gostar de cada fio de seu cabelo.

— Após cem anos? — E continuou, rindo: — Você quer viver tanto assim?

— Dizem que os namorados de longa data acabam enjoando um do outro, mas eu acho que é mentira. Nós já estamos juntos há quase dois anos e não estamos nem um pouco enjoados um do outro, não é?

— Mas é que, no nosso caso, não moramos juntos.

— Se morássemos juntos, qual seria o problema?

— Você ia descobrir o meu lado ruim.

— E qual é?

— Não vou te dizer.

— Você tem algo tão ruim assim?

— Tenho — disse ela, voltando os olhos para baixo.

— Com certeza, você não ia mais gostar de mim.

Me senti rejeitado.

— Você se lembra daquela história da mitologia que dizia que o pensamento de duas pessoas que se gostam é capaz de mover a terra? — retomei a conversa, após recuperar o ânimo. — Havia um casal que se gostava muito, mas certas circunstâncias fizeram com que se separassem. Se não me engano, acho que foi por causa do pai ou dos irmãos dela...

— E o que acontece?

— Então, eles acabam sendo separados. O homem é levado para uma ilha distante, que nenhuma embarcação pequena pode alcançar. No entanto, o que sentiam um pelo outro era muito forte. Tão forte que essa ilha, que ficava a quilômetros de distância, começou a se deslocar pouco a pouco até se unir ao continente. O amor deles é que moveu a ilha.

Quando olhei de soslaio para ver a reação de Aki, ela fitava o chão, pensativa.

— Na antiguidade, as pessoas acreditavam no poder do pensamento entre duas pessoas que se amam — prossegui.

— Esse poder era tão grande que conseguia mover uma ilha. Naquela época, acho que as pessoas não só vivenciavam, como também sentiam dentro de si, a existência desse poder. Mas, em algum momento, o ser humano deixou de usar essa força interior.

— Por que será?

— Ora, se esse poder fosse usado constantemente, seria uma tragédia! Já pensou? Se as ilhas e os continentes se juntassem ou se separassem toda vez que um homem e uma mulher se apaixonassem? A geografia mudaria num ritmo tão vertiginoso que os institutos geográficos, por exemplo, teriam muita dificuldade para acompanhar essas mudanças. E, ainda por cima, as disputas pela pessoa amada seriam extremamente violentas. Afinal, seria uma disputa entre homens que conseguem deslocar ilhas, já pensou numa coisa dessas? No final, ninguém aguentaria viver assim, nem mesmo eles.

— É mesmo. — Ela balançou a cabeça, concordando.

— Acho que é por isso que os homens deixaram de lado essa vida desgastante e improdutiva e passaram a se empenhar na caça e na coleta.

— Você parece o professor de orientação profissional! — ela riu, achando graça.

— Você acha?

Aki engrossou a voz:

— "Hirose! Amar é muito bom, mas os estudos também devem ser levados a sério, ouviu? Não vá ser reprovada em matemática, hein!"

— Como?

— "É melhor tomar cuidado com esse tal de Matsumoto. Ele pode arruinar sua vida. Se ficar cismado, ele é bem capaz de deslocar uma ilha sem medir as consequências disso, entendeu?" — Depois de dizer isso, ela voltou a falar normalmente: — Logo começam as provas, né?

— Amanhã, temos que começar a estudar.

Aki concordou, desanimada.

— Mas, até lá, vamos viver para o amor... — eu disse.

Da estação de trem até o zoológico, optamos por pegar uma rua secundária para evitar as aglomerações. Durante o trajeto, notei que havia um hotel, o único da rua, e logo percebi que tipo de hotel era. Na ida, passei por ele como se não o tivesse notado, mas com um olhar de esguelha captei a luz verde do letreiro sinalizando "quarto vago" e o preço do período. Comparava mentalmente o preço do hotel com o que sobrava do dinheiro, descontado o valor da passagem.

Na volta passamos pelo mesmo caminho. Ainda tínhamos algum tempo até anoitecer. O letreiro verde, "quarto vago", continuava aceso. Conforme nos aproximávamos do hotel, um incômodo silêncio foi se apoderando de nós. Nossos passos foram ficando cada vez mais hesitantes e, quando chegamos em frente ao hotel, nossos pés praticamente pararam de se mover.

— Você não ia querer entrar num lugar assim, não é? — perguntei, mantendo o olhar adiante.

— E você? — ela perguntou, olhando para o chão.

— Para mim, tanto faz.

— Você não acha que ainda é cedo?

Silêncio.

— Que tal darmos uma espiada? Entramos e, se o lugar não for bom, saímos rapidamente.

— Você tem dinheiro?

— Tenho. Não se preocupe.

Empurramos uma porta pesada como a dos restaurantes de luxo e, relutantes, entramos no prédio. Eu estava tão nervoso que pensei que fosse vomitar o almoço, mas consegui me segurar ao me lembrar dos trejeitos do gorila cheirando o sovaco. Ao contrário do que eu imaginava, o saguão do hotel era claro e parecia limpo. Estava tudo quieto, sem nenhum funcionário.

— Que silêncio!

De frente para o saguão havia uma máquina, parecida com as dos *game centers*, que trocam fichas. Pelo visto era só colocar o dinheiro, apertar o botão correspondente ao quarto escolhido e a chave caía na bandeja. Esse sistema permitia que qualquer um pudesse frequentá-lo, sem o constrangimento de ser visto. Enquanto eu apalpava os bolsos da calça para tirar a carteira, Aki disse bem baixinho:

— Eu não quero. Não gostei desse lugar.

Guardei de volta a carteira e, para disfarçar, dei umas batidinhas sobre o bolso da calça.

— Ah!... Tem razão.

— Vamos embora?

Saímos para a rua e caminhamos em direção à estação de trem. Por um longo tempo ficamos em silêncio. Tive a impressão de que a noite avançava rapidamente.

— Realmente, era um lugar muito estranho... — comentei, quando avistamos a estação.

Ela não respondeu. Apenas disse:

— Me dá sua mão?

3

Nas férias de verão, li o romance *A partida ainda não foi autorizada*, de Shimao Toshio, para fazer um trabalho de escola sobre as minhas impressões de leitura. A história se passa no final da guerra do Pacífico e o protagonista — comandante da unidade de ataque suicida — recebe instruções do quartel-general para se preparar para o ataque. Ele se prepara para a morte e, sempre de sobreaviso, aguarda, junto ao seu esquadrão, a ordem de atacar. No entanto, a ordem nunca chega. Suspenso no limiar entre a vida e a morte, o protagonista recebe a notificação de que o Japão foi obrigado a se render.

Durante as férias de verão, nossa relação continuou na mesma, sem nenhuma novidade substancial. Apesar de nos encontrarmos quase todos os dias, tínhamos poucas oportunidades de nos beijar. Afinal, o que eu deveria fazer para que nosso relacionamento finalmente partisse para algo mais sério? Sem encontrar saída, murmurei: "A partida ainda não foi autorizada." No romance, há um trecho em que o protagonista faz uma reflexão, dizendo que não conseguia suportar os dias que se sucederam após o cancelamento da partida. Sem dúvida, esse era também o meu estado de espírito. Lamentei o dia em que fui ao zoológico, naquele mês de maio. Não me conformava em ter entrado e saído do hotel sem ter feito nada. Eu me sentia uma espécie em extinção. No tempo em que o homem ainda não era um animal racional, um macho fraco como eu certamente morreria sem deixar descendentes.

Enquanto essas coisas me angustiavam, metade das férias de verão já tinha passado. Dia sim, dia não, eu costumava frequentar a piscina da escola no período da tarde. Encontrava muitos conhecidos. Fazíamos competições de cinquenta metros e, dependendo de quem ganhava ou perdia, na volta passávamos no McDonald's para pagar ou ganhar hambúrgueres. Certo dia, encontrei Ôki na piscina. Ele estava fazendo um curso na área comercial e por isso dificilmente tínhamos oportunidade de conversar. Desde o ensino fundamental, ele vinha praticando judô e, como ainda treinava, seu corpo parecia o do Arnold Schwarzenegger.

Após nadarmos juntos por algum tempo, ficamos tomando sol na beira da piscina. Perto de nós havia um pé de canforeira. Deitei-me sobre suas raízes e observei uma trilha de incansáveis formigas operárias levando comida para o formigueiro.

— Não vai mais nadar? — Ôki perguntou.

— O que será que a vida de uma formiga tem de divertido?

— Se não vai, vou nadar sozinho, ok?

— O que você acha que é divertido para uma formiga?

— Deve ser comer insetos mortos ou os que estão fracos.

Ele falou com uma expressão séria, e sem querer comecei a rir.

— O que foi? — ele parecia ofendido.
— Praticar judô é divertido?
— Até que é — ele respondeu. E, quando pensei que ele ia voltar a nadar, ele hesitou por um momento e indagou:
— Você está saindo com a Hirose?
— Estou — respondi.
— Fique sabendo que um veterano lá do judô está de olho nela. É melhor você ficar atento.
— Como ele se chama?
— É um tal de Tachibana.
— É um palhaço.

Quando falei isso, Ôki mudou até seu modo de falar para me convencer de que eu estava totalmente enganado a respeito dele.

— Pois fique sabendo que ele pode acabar com você! Outro dia, no festival de verão, ele quase matou três carinhas da escola técnica de pesca lá no cinema, só por terem provocado ele.

— Que medo! — respondi.

A superfície da piscina refletia os raios de sol. No fundo azul, círculos de luz se formavam e se desfaziam. Os azulejos pretos que delineavam as extremidades da piscina pareciam oscilar com o movimento da água. Absorto em pensamentos, eu não escutava mais os sons ao meu redor. Havia somente o tranquilo oscilar da água.

— Até onde você foi com a Hirose? — perguntou Ôki, depois de algum tempo.

— Como assim, até onde?
— Então... Vocês já fizeram aquilo?
— Vocês, do judô, não têm classe mesmo — respondi, com os olhos fechados.
— Estou realmente preocupado com você, sabia? — O tom de sua voz era de quem estava desapontado.

— Preocupado como?

— Se ainda não fizeram, é melhor fazerem logo. — Parecia que Ôki só pensava nisso. Se bem que, tenho de admitir, eu também só pensava nisso. — Se você fizer com ela, acho que o Tachibana desiste.

"Que bobão", pensei. Ficar ou não ficar com ela. Eu sentia nojo daqueles carinhas que ficavam por aí dizendo "minha garota" ou "minha namorada". Se esse débil mental que fazia judô chamado Tachibana gostava da Aki, então que fosse falar isso diretamente a ela. Não entendia esse argumento de que, se eu transasse com a Aki, ele não ia querer ficar com ela. Aki não era propriedade de ninguém. Era propriedade dela mesma.

— Vocês do judô são grosseiros, né? — comentei.

— Você está começando a me irritar. — Ôki parecia realmente prestes a se chatear comigo.

— Não fique bravo!

Ele deu um grande suspiro e disse:

— Quer saber? Se você topar, posso bolar um plano infalível.

— Um plano?

— O lugar e as condições para um encontro. Nesse lugar, com certeza o relacionamento de vocês será bem íntimo.

Eu apertei os olhos, desconfiado.

— Quer dizer que o pessoal do judô anda explorando a prostituição!

— O que é que você está insinuando?

— Ah, é só brincadeira!

— Lembra quando eu quebrei a perna e fiquei internado? Você e a Hirose foram me visitar no hospital... — disse ele, com uma voz comovida. — Puxa! Aquele dia eu fiquei muito contente, sabia?

— Isso foi há muito tempo.

Confesso que eu também fiquei um pouco comovido com as palavras dele. Lembrei que naquele dia eu e a Aki havíamos caminhado até o castelo de Shiroyama. E, nesse clima de comoção, ele refez a pergunta:

— E aí! Quer saber qual é o plano?
— Quero — respondi.
— Aqui é perigoso — disse ele, dando uma olhada em volta. — Que tal conversarmos no McDonald's?
— No McDonald's?
— É que estou com fome...
— Eu não.
— Mas eu sim. — Ôki enfatizou o "eu".
Rapidamente me recuperei do sentimento de comoção:
— Alguém não tinha dito que estamos vivendo numa época triste, em que as amizades são compradas com dinheiro?
— Nunca ouvi ninguém falar isso — respondeu Ôki. E, ao se levantar, cantou vitória: — Um Big Mac, uma batata frita grande e estamos conversados.

4

A casa de Ôki ficava numa aldeia à beira-mar e seus pais trabalhavam no cultivo de pérolas. Na época do ensino fundamental, ele fazia de bicicleta o trajeto de cerca de cinco quilômetros até a escola. Ultimamente, ele vinha de ônibus, dizendo que os treinos de judô exigiam muito dele. Eu já tinha ido algumas vezes brincar em sua casa com outros colegas. Ela dava para o mar aberto e ficava em frente às cestas de ostras para cultivo, presas a boias, que flutuavam sobre a água, ocupando a extensão de uma quadra de tênis. Era nesse lugar que nos deixavam nadar. O limite da área de cultivo ficava a uns dez metros da margem e, ali, já não se podia enxergar o fundo. Saíamos correndo sobre o estrado para pegar impulso e pulávamos no mar muitas e muitas vezes. Por mais distante que pulássemos e por mais fundo que mergulhássemos, o mar era imenso e tão profundo que chegava a dar medo. Quando tínhamos fome, comprávamos pão e leite na cooperativa dos pescadores e comíamos sobre o estrado. Depois de descansar um pouco, voltávamos a brincar. Peixes pequenos se agrupavam nadando embaixo das cestas. Nós colhíamos os mexilhões grudados a elas e, com uma pedra, abríamos a concha para retirar o molusco e usá-lo como isca para pescar. E eis que os vorazes peixes-porco e os *mebaru*, parecidos com o pargo, mordiam rapidamente a isca e acabavam virando nosso jantar.

As famílias que cultivavam pérolas tinham barcos e botes. Era comum terem de quatro a cinco deles e pelo menos um sempre ficava livre. Segundo Ôki, o período em que eles ficavam mais ocupados era entre os meses de abril e junho, época em que faziam o enxerto nas conchas, mas nos demais era bem mais tranquilo. Por isso, não seria nenhum problema pegar emprestado o barco a motor por algumas horas. A família dele nem notaria que o barco não estava atracado.

Em alto-mar, a um quilômetro da casa de Ôki, havia uma ilha pequena chamada Yumejima, ou ilha dos sonhos. Dez anos antes, uma empresa de navios a vapor projetara um complexo de lazer com direito a praia, parques de diversão e hotel. No entanto, o banco que financiava esse empreendimento estava sendo mal-administrado e teve de abandonar o projeto. Sem os investimentos, a empresa teve de congelar temporariamente o empreendimento. Pouco tempo depois, no entanto, ela também pediu falência, e o projeto foi totalmente abandonado.

— As instalações da ilha estavam praticamente prontas. — disse Ôki, enchendo a boca de batata frita. — Sabia que da minha casa posso ver a roda-gigante e a montanha-russa?

— Por que outra empresa não retoma isso? — comentei, enquanto tomava meu café. — Se está quase tudo pronto...

— É que, se a colocassem para funcionar, certamente os prejuízos anuais seriam da ordem de bilhões de ienes — disse Ôki, mostrando ser entendido no assunto.

Fiquei imaginando as instalações que foram abandonadas na ilha. Lembrei-me de que, na época em que entrei na escola, quase todos os anos havia um concurso de desenho sobre Yumejima. As crianças imaginavam como seria essa ilha e a desenhavam. Um corpo de jurados, formado pelo prefeito e por altos executivos da empresa de navios, selecionava o primeiro e o segundo colocados. Os vencedores ganhavam prêmios considerados caros, como bicicletas e videogames. Nós também participávamos do concurso, imaginando a ilha como uma cidade do futuro.

— Quase tudo ali dá para ser usado — disse Ôki, dando uma mordida no Big Mac. — Principalmente o hotel.

Agucei os ouvidos. Ôki, num gesto de quem vai compartilhar um segredo, balançou a cabeça afirmativamente:

— Hoje em dia, esse hotel se transformou num motel de jovens que moram nos arredores e possuem barcos — revelou ele. — O que estou querendo dizer é que nas sextas-feiras ou nos sábados à noite eles vão discretamente para a ilha e transam com as garotas nas camas do hotel.

— É verdade? — debrucei-me, mostrando interesse.

— Um dia desses, quando fui pescar na ilha com os meus colegas do judô, resolvemos explorar o local. E não é que, quando entramos nos quartos, vimos um monte de camisinhas usadas?

— Hmm! — exclamei, admirado, e tomei um gole de café morno.

— E então... Que tal você levar a Hirose para a ilha e transar com ela lá?

— Num quarto cheio de camisinhas usadas?

— Vai ser excitante!

No entanto, se a Aki não quis entrar num hotel bem-iluminado e limpo, que parecia um *business hotel*, será que ela ia gostar da atmosfera sombria daquela ilha misteriosa? Será que, se eu a levasse para a ilha, em vez de recusar, ela não iria desmaiar? O que eu faria? Me aproveitaria dela nesse estado?

— Não tem problema ir para lá sem autorização e, ainda por cima, entrar no prédio?

— Bem, a princípio é propriedade privada, mas ninguém toma conta.

— Eu não gostaria de encontrar algum morador da vila no hotel.

— Não se preocupe. Normalmente, eles costumam ir para lá nos fins de semana. É só você ir na terça ou na quarta.

— É você quem vai nos levar até a ilha?
— Vou te cobrar somente o combustível, ok?
— De hoje em diante vou te chamar de "Ryûnosuke, o barqueiro".
— Então, garanhão... Negócio fechado!
— Deixa disso, cara. Não sou um garanhão.

Apesar de ter dito isso, meu cérebro já estava a mil por hora, maquinando um pretexto para levá-la até a ilha.

5

Saí de casa às seis da manhã e me encontrei com Aki no ponto de ônibus. Para os nossos pais, dissemos que íamos acampar. Expliquei a eles que perto da casa de um amigo havia uma área de camping; que o mar ficava logo em frente, que íamos pescar, nadar etc. etc. e que, em caso de emergência, eles podiam ligar para o número que eu ia deixar com eles: num pedaço de papel, escrevi o telefone da casa de Ôki. Se você deixar bem claro como e onde seus pais podem te encontrar, eles ficam tranquilos e não querem saber mais detalhes. Ainda que, em linhas gerais, o que eu estava dizendo não deixasse de ser uma meia verdade. Principalmente sobre "acampar perto da casa do Ôki".

— Quem é a namorada do Ôki? — Aki me perguntou no ônibus.

— Eu não sei, mas acho que ela também estuda na área de comércio.

— Por que será que eles resolveram nos chamar?

— Lembra que no ensino fundamental nós fomos visitá-lo no hospital?

— Quando o Ôki quebrou a perna e estava internado?

— É. Parece que isso o deixou muito contente.

— Puxa! Não sabia que ele era tão generoso.

No entanto, quando o ônibus chegou ao destino, a namorada desse Ôki, que era tão generoso, simplesmente tinha passado mal e não ia conosco.

— Que pena! — comentei, como se estivesse realmente desnorteado.

— É uma pena, uma pena mesmo — reiterou Ôki.

— Paciência! E então... Vamos nós três?

— Vamos, vamos sim.

Colocamos nossa bagagem no barco, preso à rede que sustentava as cestas de pérolas.

— E a sua bagagem, Ôki? — perguntou Aki.

Encarei Ôki com um olhar mortal.

— Como? É que...

— Ah! É que eu fiquei de trazer a parte dele — tentei remediar rapidamente. — Afinal, é ele quem vai emprestar o barco.

— Isso. É isso mesmo... Eu vou pilotar.

Acomodamos as mochilas no barco e subimos um de cada vez. Era um bote de fibra de vidro, com um motor de popa antigo.

— Lá vamos nós! — disse Ôki, animado.

— Conto com você, hein, meu chapa!

Aki se sentou no meio do bote com uma cara desconfiada. Ainda era cedo e a baía estava esbranquiçada pela neblina. Em meio a ela podíamos ver as redes de cultivo de pérolas com suas boias de plástico. Ao olhar para o céu, vi que os raios da manhã de um dia de verão começavam a surgir por entre a neblina. A luminosidade conferia um brilho transparente aos respingos que saltavam para os lados, conforme as águas eram cortadas pela proa do barco. Quando entramos em alto-mar, a névoa já tinha se dissipado. Um milhafre voava sobre nós em grandes círculos. De vez em quando, um barco pesqueiro, voltando ao porto, passava por nós. Aki acenava para eles. Eles acenavam de volta. Ôki, que pilotava o barco, observou Aki mal podendo abrir os olhos, ofuscado pelos raios de sol.

Conforme nos aproximávamos da ilha, a roda-gigante do parque de diversões ficava cada vez maior. Em frente ao parque havia uma praia com instalações de apoio e chuveiros. Todas as instalações estavam em ruínas, difíceis de serem recuperadas por estarem muito deterioradas, oxidadas pela ação do vento e da maresia. O sol já estava alto e as sustentações da roda-gigante, com a tinta descascada, brilhavam avermelhadas.

À esquerda do parque havia um ancoradouro e, ao fundo, sobre uma pequena colina, se erguia um hotel branco, de concreto armado. Até os pilares do ancoradouro estavam avermelhados pela ferrugem. Não se viam estruturas de quebra-mar nem barreiras. Como a ilha se localizava num braço de mar, a água era calma; mas ela ficava desprotegida de tufões e tempestades. Ôki apertou a válvula reguladora do motor e lentamente aproximou o barco do ancoradouro. Ao observar a água pela borda do bote, vi que cardumes de peixinhos azuis e amarelos nadavam ao redor, iluminados pelos raios de sol que incidiam na água. Afastadas do ancoradouro, havia inúmeras águas-vivas esbranquiçadas.

Enquanto Ôki esticava o braço pela borda do barco para segurar o pilar, saltei para o ancoradouro. Amarrei o cabo que Ôki me jogou e estendi a mão para Aki. Tiramos a bagagem e, finalmente, Ôki saltou. Convidei Aki para ver a praia.

— Ôki, você não vem? — Aki perguntou.

— Eu... — Ôki olhou de relance para mim.

— Vai pescar? — respondi rápido.

— Vou. Vou pescar.

— Ele é do tipo que gosta de ficar sozinho...

A praia ficava no lado leste da ilha, de onde o sol irradiava seu calor sem dó nem piedade. Não havia sombra de árvore. Num areal, um pouco distante da orla da praia, havia uma vegetação de açucena-d'água. De vez em quando, ouvia-se o canto de pássaros vindo da montanha. Afora isso, só se ouvia o barulho das ondas quebrando na praia.

As instalações localizadas na praia estavam cheias de rachaduras e não podiam ser usadas. As estruturas metálicas haviam se oxidado e apresentavam uma tonalidade vermelho-escura, e algumas tábuas do piso estavam podres. Para piorar, uma porção de baratas-da-praia se espalhavam pelos cantos. Como não havia outro jeito, trocamos de roupa atrás dos banheiros.

Nadávamos tranquilamente em direção ao mar profundo. Aki sabia nadar muito bem. Virava a cabeça de um lado e de outro para respirar e avançava ritmadamente. Ao mergulhar com os óculos de natação, eu via peixinhos coloridos indo de um lado para outro. Havia muitas estrelas e ouriços. Quando finalmente chegamos a um lugar em que dava pé, tirei os óculos e os entreguei a Aki. O local ainda era fundo para ela e, enquanto ela colocava os óculos, mergulhei e segurei seu corpo. Seu peito estava em frente aos meus olhos. E sua pele branca brilhava sob a luz do sol.

Fomos mais para o fundo. Aki, que até então olhava tudo com os óculos de natação, num certo momento parou de nadar e, enquanto movimentava os pés para se equilibrar, tirou os óculos e os passou para mim.

— É incrível! — exclamou ela.

Coloquei os óculos e olhei dentro da água. Sob meus pés, o solo afundava num buraco em formato cônico. A inclinação acentuada ia tornando o fundo cada vez mais indistinto até ser tragado pela escuridão, onde a luz não conseguia alcançar. Essa visão me dava medo.

— Nossa! — exclamei.

Aki sorriu. Tentei dar um beijo rápido em seus lábios. Não deu certo. Nós dois engolimos tanta água salgada que nos engasgamos. Mesmo assim, começamos a rir. Ela segurou minha mão e ficou boiando. Eu também a imitei. Ao flutuar com os olhos fechados, vi uma luz vermelha através das pálpebras. Pequenas ondas tocavam minhas orelhas, fazendo um barulho suave. Abri os olhos lentamente e, quando olhei para o lado, os cabelos compridos de Aki espalhavam-se na superfície da água como uma mancha de tinta preta.

Como já era hora do almoço, resolvemos voltar para o píer. Ôki nos aguardava e, conforme o combinado, começou a dizer que tinha acabado de receber um aviso pelo rádio de que sua mãe estava passando mal e que precisava voltar para casa.

— Nós também vamos voltar com você — disse Aki, em sinal de companheirismo.

— Não precisa — respondeu Ôki, contraindo os músculos do rosto. — Fiquem pescando até eu voltar. Já que estão aqui, devem aproveitar o passeio. Volto até o final da tarde, combinado? Não é nada grave; minha mãe já sofre de pressão alta faz tempo. É só ela tomar o remédio e deitar um pouco que logo fica boa.

— Então vá com cuidado — falei bem rápido, demonstrando afeto.

— Não seria melhor voltarmos todos juntos para ver como ela está? — insistiu Aki, preocupada. — Se não for grave, voltamos para cá, não é melhor? Se ela estiver mal, vamos criar transtornos para o Ôki e a família dele se ficarmos aqui.

— Será mesmo?

Respondi num tom duvidoso e olhei para o meu cúmplice como quem suplica uma saída. Gotas enormes de suor escorriam de sua testa.

— Meu irmão costuma voltar do trabalho no final da tarde. Quando ele voltar, estarei livre. Eu também queria muito acampar hoje, não via a hora. Vou ser um filho exemplar e cuidar dela durante a tarde, mas à noite vou querer sair um pouco para espairecer.

— Se é assim... — sem acabar a frase, observei Aki, indeciso.

Ela parecia convencida pelo que Ôki dissera.

— Então vamos ficar.

Sem querer, eu e Ôki nos fitamos. Ele estava mais tranquilo, mas seus olhos pareciam dizer: "Seu espertinho!" Sem ser visto por Aki, agradeci a ele, juntando rapidamente as palmas das mãos na altura do peito.

Depois disso, nós dois passamos a agir de um modo estranhamente ágil e rápido. Ôki queria se distanciar o mais rápido possível da ilha. E eu queria que ele entrasse logo no barco e partisse, antes que Aki mudasse de ideia.

— Quarto 305 — disse Ôki, bem baixinho, enquanto desenrolava o cabo do barco. — Quero uma boa recompensa, hein?

Juntando novamente as palmas das mãos, agradeci.

— Valeu! Te devo essa.

Depois de perdemos de vista o barco de Ôki, resolvemos almoçar no ancoradouro. Aki vestia uma camiseta branca sobre o maiô. Eu estava apenas de calção. De repente, me dei conta de uma deslumbrante realidade: estávamos a sós na ilha. Um desejo secreto emergia das profundezas do meu ser. Ôki retornaria somente no dia seguinte, por volta do meio-dia.

Não senti nem o gosto do que comia. Tive receio de ter vertigens, tamanha a liberdade que sentia. A partir de agora, tinha vinte e quatro horas para ser o lobo mau ou o cordeirinho. As fronteiras do meu "eu" estavam ampliadas a médico e a monstro. Senti medo de fazer uma única escolha entre inúmeras possibilidades. Esse medo era justificado porque somente o que se escolhe é que se torna realidade; o resto desaparece. O que Aki via à sua frente era, no caso, apenas eu, o único escolhido entre inúmeras possibilidades. E enquanto pensava nisso, o meu desejo inicial foi se abrandando e dando lugar a um estranho sentimento de responsabilidade.

Depois de almoçar, fomos pescar com os apetrechos deixados por Ôki. Era só jogar o anzol com iscas de larvas de insetos que, rapidamente, os labrídeos e os *gures* fisgavam. No começo, pensávamos em pescá-los para o jantar, mas, como eram fisgados com muita facilidade, ficamos com pena deles e, assim que os pescávamos, soltávamos de volta ao mar. Com o tempo, isso de pescar e soltar começou a ficar trabalhoso e decidimos parar por ali.

As tábuas do píer acumulavam o calor do sol e o mantinham quente. Comecei a sentir uma agradável sonolência. Uma brisa fresca soprava do mar e por isso não chegávamos a transpirar. Passamos o bloqueador solar um no outro. De vez em quando, molhávamos os pés no mar ou jogávamos água na cabeça.

— Será que está tudo bem com a mãe de Ôki? — disse Aki, preocupada.

— É só uma pressão alta, não deve ser nada grave, eu acho.

— Mas para ele ter recebido aviso pelo rádio, é porque deve ser grave, não é?

A mentira que havíamos contado a Aki começava a se tornar um fardo. O fato de estarmos a sós, somente eu e ela, fazia com que a "relação física" deixasse de ser tão importante, a ponto de eu não me preocupar mais com isso. Justo agora que metade do plano traçado com Ôki tinha dado certo, de repente, eu tinha uma recaída infantil e boba. Tive a impressão de que, de algum lugar distante, este meu lado estava sendo observado.

Aki retirou um rádio da mochila e o ligou. Estava na hora do *Tarde Pop*, e logo reconheci a voz familiar do casal de DJs.

"Nossa! Todos os dias tem feito muito calor, não é? Pois é... É porque estamos em pleno verão... E por isso, hoje, vamos fazer uma seleção especial de músicas para se curtir a praia!

"É isso mesmo! Vocês também podem fazer seus pedidos por telefone, ok? Liguem e façam um montão de pedidos! Entre os participantes, dez serão sorteados e irão ganhar uma camiseta exclusiva!

"E é isso, pessoal! Agora, vou ler para vocês as cartas...

"Vamos começar com a do nosso ouvinte de Kazemachi, seu apelido é 'Yoppa'. Ele diz: 'Olá, Kiyohiko; olá, Yôko; boa tarde!' — Boa tarde! — 'Eu estou internado no hospital com problemas no abdômen.' — Puxa! É mesmo?! — 'Todos os dias tenho uma batelada de exames e isso está me deixando chateado'. — Hum! Hum! — 'Talvez eu tenha que operar. E justo nas férias de verão... Mas tudo bem. A vida é longa e passar um único verão assim não há de ser nada, não é mesmo?' — Ah, é! Mas isso de ficar internado não é fácil, não.

"Eu também já operei quando estava no ensino médio. Foi apendicite. Acho que fiquei internado uns três dias. Eu não gosto de operação, mas é tudo muito rapidinho; num piscar de olhos já acabou.

"E esta foi a carta enviada pelo nosso ouvinte. Se for apendicite, espero que o que te contei te deixe tranquilo, ok?

Mas vamos torcer para que a sua doença não seja grave. Anime-se e recupere-se rápido, está bem? E agora, atendendo ao seu pedido, vamos ouvir *Midsummer Fruit*, do Southern All Stars..."

— Lembra quando você enviou uma carta para a rádio? — perguntou Aki, no meio da música.

— Lembro.

Era um assunto que eu queria evitar. No entanto, ela resgatou essa lembrança e disse, num tom de saudade:

— Foi no ensino fundamental. A música era *Tonight*. Lembro que você teve o descaramento de contar uma tremenda mentira.

— E levei uma bronca de você.

— Mas agora isso tudo se tornou uma boa lembrança. Você mentiu daquele jeito para ser escolhido, não foi?

— Digamos que sim — respondi. — Naquela época você tinha um namorado que estudava no ensino médio, não era?

— Namorado? — disse ela, num tom alterado, voltando-se para mim.

— Um bonitão do vôlei.

— Ah! — Finalmente ela parecia ter se lembrado. — Como é que você ficou sabendo disso?

— Porque ouvi suas amigas de classe comentando.

— Que coisa! Era unilateral, só eu estava apaixonada por ele.

— Apaixonada?

— É. Quando eu ainda era criança e não sabia o que era o amor.

— Sei.

Ela olhou para mim como se estivesse me analisando.

— Saku-chan! Por acaso você está com ciúme?

— Qual é o problema?

— É que... Ter ciúme de mim, uma garota que estava na sétima série do ensino fundamental...

— Eu tenho ciúme até do seu sutiã, sabia?

— Deixa disso.

Olhei a distância e vi que, no continente, silenciosamente se formavam cúmulos enormes. O topo das nuvens era branco e brilhante, o meio era cinzento e a base era praticamente negra. O céu, ao longe, trovejava. Do mar, sopravam ventos quentes e úmidos. Os cúmulos iam cobrindo lentamente o céu e pareciam se aproximar de nós. O mar que até então era azul tingiu-se de cinza.

— Ôki ainda não voltou — disse Aki, preocupada.

Quase lhe contei toda a verdade. Pensei em pedir minhas sinceras desculpas e tirar de vez aquele peso dos ombros. Nisso começaram a cair gotas enormes. No começo, eram espaçadas, mas logo começaram a cair mais rapidamente, como se um metrônomo tivesse sido acelerado, e logo a chuva caía ruidosa, sem parar.

— Que delícia! — Aki murmurou, fascinada. Ela ergueu o rosto para o céu, sentindo as gotas caírem.

Ao olhar para ela, vi que as gotas rebentavam em suas maçãs do rosto.

— O plano inicial era acamparmos em quatro. Mas, no dia do acampamento, a namorada do Ôki passa mal e não pode vir. Em seguida, é a mãe de Ôki que passa mal. Agora, estamos somente nós dois na ilha.

Pensei que tinha posto tudo a perder.

— Me desculpe. — Voltei-me para ela e abaixei a cabeça.

A chuva ficou ainda mais forte. As ondas já atingiam o ancoradouro. Ela mantinha os olhos fechados, deixando a chuva cair sobre a face.

— Você não tem jeito mesmo! — disse Aki, num tom maternal. — E quando é que o barco vai voltar?

— Amanhã, na hora do almoço.

— Ainda temos muito tempo, não é?

— Não se preocupe! Não vou fazer nada que você não queira.

Ela não disse nada; apenas olhou a chuva cair sobre a mochila e o isopor de comida.

— E então, vamos recolher as coisas? — Dizendo isso, finalmente se levantou.

6

De longe, o hotel parecia novo, mas de perto estava com a pintura descascada e praticamente em ruínas. Havia cicadáceas enormes plantadas em frente ao hotel e, logo atrás, uma rampa levemente inclinada interligava-se com a varanda. Paramos em frente ao hotel para olhar seus três andares. Era um lugar perfeito para rodar um filme de terror. Tábuas tinham sido colocadas na porta automática, mas uma delas fora arrancada para dar passagem. Talvez fosse mais adequado dizer que, em vez de ser um lugar para encontros secretos de amantes, era mais propício para o tráfico de drogas ou esconderijo de fugitivos.

No térreo, além do saguão e do salão, havia também um restaurante e uma cozinha. No canto do restaurante, cadeiras e mesas estavam empilhadas. Atravessamos o saguão e subimos lentamente as escadas. Do segundo andar em diante é que ficavam os quartos de hóspedes. Em ambos os lados do corredor enfileiravam-se portas castanho-escuras, ainda com maçanetas. As escadas e o corredor estavam cheios de areia e, conforme caminhávamos, de chinelos, um som áspero nos acompanhava.

Ôki falara do quarto 305 porque, enquanto eu e Aki nadávamos, ele o tinha arrumado, para que a Aki não visse as camisinhas usadas e outras coisas mais. É claro que fiquei de acertar isso com ele. O valor não tinha sido combinado, mas sei que seria muito mais do que um Big Mac e uma porção de batatas fritas. Eu me sentia como se fosse um microempresário que se envolvera com um agiota e, agora, estava com a corda no pescoço.

No meio do corredor havia uma única janela grande e quebrada e, através dela, os galhos de uma árvore na encosta da montanha invadiam o hotel. Os galhos, com suas folhas verdejantes, cobriam o teto. Pelo visto, era só uma questão de tempo para que a vegetação tomasse conta do local.

Assim que abrimos a porta do 305, surgiu diante de nós uma cama de casal. Parecia um ser vivo, plantado no meio do quarto. Senti como se estivesse olhando para algo que não deveria olhar e, instintivamente, desviei os olhos. Não havia mais nada além da cama. Nós, sem saber para onde olhar, tentávamos disfarçar, mirando o chão ou o teto. Eu precisava falar alguma coisa, mas não conseguia. O silêncio me deixou paralisado. Até mesmo o barulho de engolir em seco me incomodava.

— Vamos deixar as nossas coisas aqui e dar uma olhada no hotel? — Finalmente, consegui pelo menos dizer isso.

— Vamos — Aki concordou prontamente, como se aliviada por eu ter quebrado o silêncio.

Fomos, então, dar uma olhada na cozinha no térreo. As plantas também já tinham invadido a área e, aqui e ali, viam-se pequenas moitas. Estávamos com a pele pegajosa por causa da água do mar. A chuva forte não tinha sido suficiente para limpar nossos corpos. Abri a torneira da cozinha, mas não tinha água.

— Se não tem água, não vamos poder preparar o jantar — disse Aki, em tom recriminador.

— Ôki me disse que tinha um poço na parte de trás do hotel... — falei, como se me desculpasse.

Não havia porta de serviço. Tinha parado de chover sem que nos déssemos conta e uma tênue luz de fim de tarde desenhava sombras no chão da cozinha. A montanha ficava bem próxima do hotel. O mato cobria toda a encosta, crescendo impetuoso, cobrindo tudo a ponto de esconder a cor da terra. Tudo era compacto: o mato, as trepadeiras e os arbustos.

Duas borboletas papílio, grandes e de lindas cores, voavam sobre a roseira-brava — entrançada com flores de artemísias e *dokudami* — como se brincassem de pega-pega. Um pouco adiante, encontramos um tanque antigo de pedra, quase todo coberto de mato. Se não estivesse atento, ele passaria despercebido. Do meio do mato saía um cano de plástico de onde escoava água cristalina. Devia ser a água límpida vinda das montanhas. Coloquei a mão debaixo da bica. Estava agradavelmente gelada.

— Vamos tomar banho aqui — disse.
Aki ainda usava a camiseta branca sobre o maiô.
— Vou buscar a toalha, está bem?
— Tudo bem. — Ela olhava ao redor, um pouco desconcertada.

Fui até o quarto e, quando voltei, trazendo uma sacola com toalhas e mudas de roupa limpa, Aki estava em pé, ao lado do tanque, nua, de costas para mim. Era uma visão espantosa. O sol poente se escondia atrás da montanha. E, por entre a relva escura, um corpo branco, indistinto, parecia flutuar. Achei que estivesse sonhando e por um longo tempo a observei, ainda de costas.

— O que você está fazendo?
— É que.... — disse ela, ainda ocultando-se de mim.
— É que estou sem toalha...
— E você tirou a roupa sem pensar no que faria depois?
Ri e coloquei a toalha de banho sobre seu ombro.
— Obrigada.
Aki enxugou-se rapidamente e enrolou a toalha em volta do corpo, prendendo-a na altura do peito. A toalha não era tão grande como eu pensava e só cobria parte das coxas.
— Não é para ficar olhando, ouviu? — disse ela.
O tanque estava repleto de plantas aquáticas verdes amarronzadas que flutuavam como mechas de finos cabelos. Molhei a toalha e tomei banho. Quando estava me enxugando, percebi que Aki me observava da entrada da cozinha.
— Você estava aí?
Ela tentou disfarçar, fingindo olhar o chão.
— Achei que estaria precisando de uma toalha...
— Obrigado — peguei a toalha sem me voltar para ela.

Meu pai, amante das montanhas, me emprestou o fogareiro e o kit de panelas e talheres portáteis. Eu ficara responsável pelo jantar. O cardápio era "Arroz com enguia e ovos", que na própria embalagem garantia que "matava a fome". Primeiro, peguei a água da garrafa pet e a coloquei para esquentar. Em seguida, despejei a água quente sobre o arroz. Era só esperar dez minutos que já estava pronto. Enquanto isso, deixei a bardana, cortada em tiras bem fininhas, de molho na água; cortei a cebolinha e também a enguia, embalada a vácuo. Forrei o fundo da panela com a bardana e acrescentei a água e o molho. Acendi o fogareiro e, quando o líquido começou a ferver, coloquei a enguia e a cebolinha, deixando cozinhar. Depois coloquei um ovo batido por cima, fechei a tampa e apaguei o fogo. Deixei abafado por um tempo. Por fim, coloquei o arroz na tigela e, por cima dele, a mistura. Pronto! Era só servir. Se viesse acompanhado com uma sopa de missô instantâneo da Nagatanien... Aí sim, seria uma refeição completa e deliciosa.

Aki preparou uma salada de legumes cortados em palito e uma salada de frutas. Apesar de dar um pouco de trabalho, o bom deste prato é que tornava mais prazeroso fazer uma refeição ao ar livre. Como começou a escurecer, acendi o lampião, que meu pai também tinha me emprestado. Durante a refeição sintonizamos o rádio na FM. Era um programa de música ocidental e tocava um especial de bandas de nomes compridos: Red Hot Chili Peppers, Everything But the Girl, Afrika Bambaataa & The Soul Sonic Force.

Após o jantar, limpamos as louças com papel higiênico e recolhemos o lixo num saquinho plástico. Depois, com o lampião na mão, subimos até o quarto. Dessa vez não ficamos tão sem graça, talvez porque, um pouco antes, tínhamos nos visto tomar banho. Com a barriga cheia, ficava até difícil pensar em aprontar algo. Sentamos na cama com as costas apoiadas na cabeceira e resolvemos brincar de testar nossos conhecimentos de inglês. Um de nós falava uma palavra em japonês e o outro respondia com a palavra inglesa correspondente. Se a pessoa respondesse o que o outro não sabia, ganhava um ponto.

— *Meishin* — perguntou Aki.

— *Superstition* — respondi rápido.

— Está muito fácil?

— Um pouquinho. Agora é minha vez: *ninshin*.

— *Ninshin?*
Aki olhou para mim com os olhos arregalados.
— Não sabe?
— Hum...
— *Conception*; ou seja, gravidez.
— Ah, é mesmo!
— Agora é a sua vez.
— Deixe me ver... *Dôjô, kyôkan.*
— *Sympathy.* — Novamente, minha resposta foi rápida. — Por acaso você está aprendendo palavras que começam com "s"?
— Digamos que sim. Você é muito bom em inglês, né?
— É que essas duas palavras eu aprendi ouvindo rock. Stevie Wonder e Rolling Stones.
— Hummm.
Continuamos o jogo.
— *Bokki.*
— O que é isso?
— Ué. É *bokki*. Como será que se diz *bokki* em inglês?
— *Ninshin... Bokki...* Acha mesmo útil conhecer essas palavras? — disse Aki, irritada.
Eu me mantive calmo e comecei a explicar:
— *Conception* também tem o sentido de *concept*, que significa "conceito". *Bokki* é *erection*. Se você trocar o R por L, o que era "ereção" vai virar *election*, "eleição". O que dizemos em japonês *sôsensho*, em inglês é *general election*, ou seja, "eleições gerais". Agora, imagine que você dá um deslize e acaba pronunciando o R em vez do L. Em vez de falar "a eleição do xógum", você estará dizendo "a ereção do xógum". Já pensou? Não quero que você passe um ridículo desse.
— E onde é que você aprende essas coisas? — ela perguntou, desconfiada. — *Ninshin... Bokki...*
— Aprendo no dicionário.
— É gostando que se aprende, não é?
— Não é bem assim.
— É exatamente assim.

Para evitar uma discussão, paramos de brincar e fomos à janela. Lá fora estava escuro, não se podia ver nada.

— Mas pra que temos de aprender palavras em inglês? — indagou Aki, para si mesma. — Dizem que a porcentagem de mulheres que ingressam na faculdade é a mesma que o número de divórcios. Você não acha estranho que, quanto mais a pessoa estuda, mais infeliz ela se torna?

— O divórcio não significa infelicidade.

— É. Você tem razão — concordou ela e, depois de um tempo, indagou: — Não deveríamos viver para sermos felizes? Estudamos e trabalhamos porque queremos ser felizes, não é?

No rádio, continuava o especial com as bandas de nomes compridos. Desta vez, tocavam músicas de grupos mais antigos: Quicksilver Messenger Service, Creedence Clearwater Revival, Big Brother & The Holding Company.

Com o avançar da noite, começou a chover novamente. A chuva batia ruidosamente na janela e nos toldos. Ficamos deitados na cama, ociosos, ouvindo o barulho da chuva. Ao escutá-lo atentamente, com os olhos fechados, senti que o olfato ficava mais aguçado. O cheiro da chuva, o cheiro da terra e das plantas da montanha, o cheiro do pó acumulado no chão, o cheiro do papel de parede que descolava. Todos esses cheiros pareciam nos envolver.

Deveríamos estar cansados, mas, mesmo com o passar das horas, não conseguíamos dormir. Então resolvemos falar de quando éramos crianças. Aki foi quem começou:

— No último ano do jardim de infância enterramos uma espécie de cápsula do tempo no jardim da escola. Colocamos jornais, fotos que tiramos da turma e as redações. Como na época só sabíamos ler e escrever no silabário *hiragana*, a redação foi redigida nesse sistema de escrita e o tema era o que gostaríamos de ser quando crescêssemos, o que sonhávamos para o futuro.

— E o que foi que você escreveu?

— Não consigo me lembrar — disse ela, um pouco triste.

— Não seria algo do tipo "quero me casar"?

— Pode até ser. — Aki deu uma risadinha e disse: — Queria desenterrá-la e dar uma olhadinha.

Agora era a minha vez.

— Quando a minha avó ainda estava bem de saúde, uma massagista ia constantemente lá em casa. Ela tinha uns sessenta anos e havia nascido com deficiência visual. Um dia ela me perguntou: "Saku-chan, a chuva cai em gotas ou em um fio longo? Como nasci sem a visão, não tenho ideia de como é."

— Puxa! — disse Aki, comovida. — E o que foi que você respondeu?

— Que ela caía em gotas. E aí ela ficou extremamente admirada. "É em gotas!" Ela disse que tinha essa dúvida sobre gotas e fios desde criança, e me agradeceu dizendo que, "Graças ao Saku-chan, hoje aprendi mais uma coisa".

— Isso me lembra o *Cinema Paradiso*.

— Mas, pensando bem, hoje eu acho isso estranho.

— Por quê?

— Se ela tinha essa dúvida fazia tanto tempo, por que não perguntou antes para alguém? Não precisava ficar sem saber por tanto tempo. Por que será que ela perguntou justamente para mim?

— Deve ser porque, ao te ver, ela se lembrou da dúvida que tinha quando criança.

— Ou será que, quando chovia, ela perguntava isso pra todo mundo?

A chuva continuava a cair.

— Será que o pessoal não está preocupado? — perguntou Aki.

— Talvez estejam na polícia fazendo uma ocorrência de desaparecimento.

— O que você disse para os seus pais?

— Que ia acampar na casa de um amigo. E você?

— Eu também disse que ia acampar. Tenho amigas que são cúmplices.

— São de confiança?

— Acho que sim. Mas não gosto de fazer isso. Não gosto de incomodar as pessoas...

— É. Você tem razão.

Aki ficou de lado. E me deu um leve beijo nos lábios.

— Não vamos nos precipitar; vamos dar tempo ao tempo e juntos ir descobrindo um ao outro, está bem?

Nos abraçamos e fechamos os olhos. Sob a toalha que estendemos como lençol, pequenos grãos de areia rangiam.

Quando despertei no meio da noite, a programação da rádio já havia terminado. O lampião, que eu deixara na intensidade mínima, também já tinha se apagado. Levantei-me e desliguei o rádio. O calor emitido pelo lampião ainda se mantinha no quarto. Ao abrir a janela, uma lufada de ar fresco com cheiro de maresia invadiu o cômodo. Ainda parecia faltar muito tempo até o amanhecer. Havia parado de chover e as nuvens carregadas tinham se dissipado, descortinando um céu cheio de estrelas. Não sei se era porque não havia nenhuma luz nas proximidades, mas as estrelas pareciam estar tão perto que achei que poderia tocá-las com a ponta da vara de pescar.

— Dá para ouvir o barulho das ondas — escutei a voz da Aki.

— Você estava acordada?

Ela se aproximou da janela e observou as pequenas luzes da margem oposta, através do mar escuro.

— Que área será aquela?

— Deve ser Koike ou Kokubo.

Escutávamos as ondas indo e vindo. Elas faziam rolar as pedras da praia e, quando voltavam, faziam um barulho semelhante a um trovão.

— Está ouvindo um telefone tocar? — de repente, Aki perguntou.

— Não pode ser...

Fiquei prestando atenção.

— É verdade!

Peguei a lanterna sobre a mesa e saímos do quarto. O corredor estava um breu. A luz da lanterna iluminou vagamente a parede do fundo. O telefone parecia estar tocando no último quarto. Nos aproximamos lentamente, contendo os passos. O telefone continuava a tocar. Apesar de estarmos cada vez mais próximos do quarto, era estranho como o som do telefone continuava distante.

De repente, ele parou. Parecia que quem tinha ligado achou que não havia ninguém e recolocou o fone no gancho. Nos entreolhamos sem dizer nada. Iluminamos à nossa volta com a lanterna. Era justamente aquele o lugar em que a janela do corredor estava quebrada e os galhos das árvores invadiam o edifício. Sobre nossas cabeças, trepadeiras enroscavam-se nos galhos grossos repletos de folhagens viçosas. Ao focar a luz da lanterna sobre o galho, vimos um escaravelho acastanhado andando sobre a casca da árvore. Coloquei a cabeça para fora da janela quebrada e direcionei o facho de luz para fora. A encosta da montanha ficava a uns quatro ou cinco metros de distância. Aki sussurrou:

— Vaga-lumes!

Quando olhei na mesma direção que ela, vi um pequeno facho de luz por entre a vegetação. No começo pensei que fosse apenas um, mas, ao observar melhor, vi que eram muitas luzes piscando em todos os lugares. E, quanto mais olhava, mais aumentava a quantidade de luzes.

Cerca de cem a duzentos vaga-lumes pisca-piscavam por entre os arbustos. De repente, um dos vaga-lumes que estava parado sobre uma folha voou e, em seguida, dois ou três o seguiram e se esconderam entre as folhagens. Eram muitos, mas voavam silenciosamente. Dava a impressão de que todos pareciam flutuar à mercê do vento.

— Desliga a lanterna... — pediu Aki.

Agora estávamos no escuro. Vimos um vaga-lume se separar dos demais e vir em nossa direção. Ele se aproximava lentamente com sua luz tênue. E ficou um tempo suspenso no ar perto do toldo da janela. Aproximei-me dele com as palmas das mãos. O vaga-lume, cauteloso, afastou-se um pouco e pousou sobre uma folha na ponta de um dos galhos que invadiam a construção. Resolvemos aguardar. Um tempo depois, ele voou de novo e, lentamente, se aproximou e começou a girar em torno de Aki. Como um floco de neve, desceu até pousar delicadamente em seu ombro. Era como se o vaga-lume a tivesse escolhido. E, como a emitir um sinal, brilhou duas ou três vezes.

Prendendo a respiração, ficamos olhando o vaga-lume. Após piscar algumas vezes, ele deixou o ombro de Aki. Dessa vez ele se dirigiu, sem vacilar, aos companheiros que estavam entre os arbustos da colina. Eu acompanhei seu trajeto. Ele voltou rapidamente para os companheiros e, voando entre os demais, entre tantas luzinhas piscantes, acabei perdendo-o de vista.

Capítulo III

1

Quando retornamos da excursão, soube que a doença de Aki se chamava "anemia aplástica". Ela já havia aceitado a explicação do médico de que a enfermidade era uma disfunção da medula óssea. E, sendo assim, eu também não tinha razões para duvidar.

Para evitar o risco de infecções, a enfermeira me deu orientações sobre os procedimentos da rotina hospitalar: começava por vestir o avental e colocar a máscara que ficavam no armário do corredor; em seguida, tirar meus sapatos e calçar pantufas e, por último, desinfetar as mãos na entrada do quarto. Após seguir todos esses procedimentos é que, finalmente, eu entrava.

Toda vez que ela, deitada na cama, me via de avental e máscara, começava a rir.

— Essa roupa não combina nem um pouquinho com você!

— Paciência — respondi, desapontado. — Também, quem mandou sua medula ser preguiçosa e não fazer direito os glóbulos brancos?

— E como vão os estudos? — perguntou Aki, para mudar de assunto.

— Vão indo — respondi, sem muito entusiasmo.

— Daqui a pouco começam as provas intermediárias, não é?

— É. Acho que sim.

— Já deram muita matéria?

— Um pouco.

— Não vejo a hora de voltar para a escola! — murmurou Aki, olhando em direção à janela.

A enfermeira deu uma espiada pela porta, perguntou se estava tudo bem e me cumprimentou com um sorriso. Quase todas as enfermeiras já me conheciam, pois eu visitava Aki todos os dias. Os exames clínicos costumavam ser realizados no período da manhã e, por isso, no final da tarde, um pouco antes do jantar, era um horário tranquilo para receber visitas.

— Ela veio ver se não estamos nos beijando — disse Aki bem baixinho, depois que a enfermeira se foi. — É que outro dia ela me chamou a atenção. Disse que não era para beijar meu namorado que vinha sempre me visitar... Que eu podia pegar micróbios.

Por um instante, imaginei uma porção de micróbios se mexendo, remexendo e se contorcendo dentro da minha boca.

— Que sensação horrível!
— Você quer?
— Tanto faz.
— Por mim, tudo bem.
— E se você se contaminar?
— Lá no banheiro tem um líquido que eu uso para bochechar; enxague bem a boca com ele, tá?

Baixei a máscara até o queixo e, com o antisséptico bucal, bochechei com capricho. Depois fui até a cabeceira da cama e me sentei de frente para ela. Lembrei-me do dia em que nos beijamos pela primeira vez. Mas eu estava bem mais nervoso agora; acho que por ter de beijá-la esterilizado. Tocamos levemente os lábios.

— Tem gosto de antisséptico — ela comentou.
— Se esta noite você tiver febre, a culpa vai ser minha.
— Mas valeu.
— Quer outro?

Nossos lábios novamente se tocaram. Beijá-la vestido somente de avental verde-claro — como nas salas cirúrgicas — e com a boca esterilizada me dava a sensação de estar em algum tipo de ritual solene.

— No ano que vem, na época das chuvas, vamos dar uma olhada nas hortênsias do castelo de Shiroyama? — perguntei.

— Foi na sétima série que combinamos de voltar lá, não foi? — Ela forçou levemente a vista, como quem olha algo a distância. — Já faz três anos, mas parece um tempão...

— É que muitas coisas aconteceram...

— Tem razão.

Aki parecia absorta em pensamentos. Depois de um tempo, murmurou:

— Ainda falta quase um ano...

— Dá tempo de você se curar.

— É mesmo — ela concordou, com uma ligeira hesitação. — Seja como for, é muito tempo. Se eu soubesse que ia acontecer isso, devia ter ido logo, enquanto tinha saúde.

— Do jeito que você fala, até parece que não vai ficar boa.

Em vez de me responder, Aki apenas sorriu: um sorriso triste.

Certo dia, quando fui ao hospital, Aki dormia. Sua mãe, que sempre a acompanhava, não estava no quarto. Fiquei ao seu lado observando-a dormir. A anemia a havia deixado pálida. Uma cortina creme cobria a janela do quarto. Mesmo com os olhos fechados, Aki estava com o rosto ligeiramente voltado para o lado oposto à janela, como para evitar a claridade de fora. A luz filtrada pela cortina espalhava-se pelo cômodo como partículas de pó, parecidas com as que se desprendem das asas das borboletas. Esses pontinhos de luz pousavam em seu rosto e o marcavam com traços de sombra. Eu a fitava como quem contempla uma preciosidade. Nesse momento, me inquietei com um leve e quase intangível prenúncio de morte, que se esboçava naquele sono aparentemente sereno. Era como nas aulas de desenho nas quais, ao observar atentamente o papel branco sob a luz do sol, tínhamos a impressão de que o papel, na verdade, estava coberto de inúmeros pontinhos pretos. Era exatamente o que eu estava sentindo.

— Aki!

Chamei-a pelo nome. Continuei a chamá-la, várias vezes. E, finalmente, como se me ouvindo, ela moveu sutilmente o corpo. Depois, balançou a cabeça para os lados, como se estivesse enxotando algo. Com o movimento, os pontinhos sobre o seu rosto foram caindo um a um. Sua expressão voltou a ter vida. Ela abriu os olhos e, como um passarinho, murmurou, surpresa:

— Saku-chan!

— Como você se sente?

— Estou bem melhor, depois de ter dormido um pouco.

Ela se levantou, pegou o cardigã que estava no encosto da cadeira e o colocou nos ombros, sobre o pijama.

— De manhã estava muito deprimida — disse ela, com melancolia no olhar. — Pensei em tantas coisas... Que ia morrer... Que não sabia o que seria de mim, se eu me separasse de você para sempre...

— Que bobagem! Você não devia ficar pensando nisso.

— Tem razão — ela suspirou. — Parece que deixei o desânimo tomar conta de mim.

— Você se sente só aqui no hospital?

— Me sinto — concordou, com um leve aceno de cabeça.

A ausência de palavras se tornou um silêncio pesaroso.

— Não consigo nem imaginar o que vai acontecer comigo quando não estiver mais neste mundo — Aki finalmente quebrou o silêncio. — É estranho admitir que a vida é finita, não é? Talvez porque a gente normalmente viva tentando ignorar esse fato.

— Você precisa pensar em coisas positivas. Que vai ficar boa, por exemplo...

— Ou que vou me casar com você — disse ela. Mas logo percebi que não tinha falado isso para prosseguir a conversa, mas para terminá-la.

— Eu vou é enxaguar a boca — falei, e ela finalmente esboçou um sorriso.

Sempre que eu ia visitá-la, dava-lhe um beijo rápido, sem que a enfermeira nos visse. Era como uma prova, para me certificar de que estávamos vivos. Como ela nunca teve febre por isso, minha intenção era continuar com o singelo ritual, nem que fosse para sempre.

— Ultimamente, quando lavo os cabelos, perco muitos fios — comentou Aki.

— É um efeito colateral do tratamento?

Ela confirmou, balançando a cabeça.

— Estou triste.

Instintivamente, segurei suas mãos. Não sabia o que lhe dizer numa situação assim. E, na tentativa de aplacar esse meu desconforto, falei:

— Fique sabendo que vou gostar de você mesmo careca.

Ela me fitou com os olhos arregalados.

— Você precisava ser tão explícito?

— Me desculpe. — Meu remorso era sincero. Para tentar remediar a situação, comentei: — Na poesia chinesa clássica, a palavra "explícito" tem o sentido de "improvisação", de "sutileza", você se lembra?

Aki encostou seu rosto no meu peito. E começou a chorar copiosamente, como uma criança. O gesto me pegou de surpresa. Perplexo, fiquei sem ação. Era a primeira vez que via Aki chorar. Não sabia se ela estava emocionalmente abalada ou se era um efeito colateral dos remédios que tomava para o tratamento. Foi então que, pela primeira vez, descobri a gravidade de sua doença.

2

O rosto de Aki estava visivelmente mais magro. A ânsia de vômito a impedia de se alimentar. Ficava o dia todo assim e mal conseguia ver a comida; sentir o cheiro, então, nem se fala. Nos piores dias, enjoava só de ouvir o carrinho de comida se aproximar. Ela estava sendo medicada contra a náusea, mas os remédios não surtiam efeito. Dava para imaginar que os medicamentos eram muito fortes, mas eu não conseguia entender a relação desse tratamento com a anemia. Afinal, que tipo de tratamento era esse?

Verifiquei num dicionário médico o verbete "anemia aplástica". Dizia que era um tipo de anemia provocada pela disfunção da produção de sangue na medula. Era exatamente a mesma explicação que Aki tinha ouvido do médico. O tratamento consistia em transfusão de sangue e medicação à base de hormônios esteroides. Sem querer, olhei também o verbete da página seguinte. Era sobre "leucemia". Lembrei-me do cartão que enviara na sétima série pedindo uma música. Será que aquela brincadeira de mau gosto teria recaído sobre Aki, fazendo-a sofrer de verdade? Afastei rapidamente esse pensamento irracional e li o que o dicionário médico dizia sobre a doença. No entanto, o remorso de ter escrito o que viria a acontecer nunca mais me deixou.

O que Aki temia aconteceu: seus cabelos começaram a cair. E, como eram compridos, as áreas calvas destacavam-se ainda mais. Conforme o tratamento se estendia, seu estado ia se tornando cada vez mais debilitado, abalando-a emocionalmente.

— Estou muito preocupada... Acho que os remédios não estão surtindo efeito — disse Aki. — Se esses terríveis efeitos colaterais são decorrentes de remédios que não estão dando certo, acho que é porque ainda não existe nenhum remédio para curar a minha doença.

— Hoje em dia, praticamente todas as doenças têm cura — falei, lembrando uma das explicações que li no dicionário médico. — Principalmente se for doença infantil.

— Tenho dezessete anos... Isso é ser criança?

— Você não tem dezesseis?

— Logo vou fazer dezessete.

— Isso não vem ao caso, digamos que você está na fase intermediária entre criança e adulto.

— Então estou entre sarar e não sarar, é isso?

Ficamos em silêncio.

— Quem sabe, neste exato momento, eles não estão descobrindo um remédio para te curar?

— Será? — ela levantou o rosto, incrédula.

— Te contei que, quando eu estudava no fundamental, peguei pneumonia e fui internado? Naquela época os remédios também não surtiam efeito. Somente depois de várias tentativas é que finalmente encontraram um que deu certo. Nesse meio-tempo, meus pais ficaram muito preocupados, achando que eu fosse morrer.

— Seria tão bom se descobrissem logo um remédio para mim, como no seu caso... Mas, do jeito que está, meu corpo vai se acabar antes de eles encontrarem algo.

— Se eu pudesse estar no seu lugar...

— Se você sentisse na pele o que estou sofrendo, não teria mais coragem de dizer isso.

Parecia que o ar do quarto tinha se partido.

— Desculpa — disse Aki, com uma voz abatida. — O que realmente me preocupa não é o fato de não ficar boa, mas de me tornar uma pessoa má por causa dessa doença. Eu não sei o que faria se eu deixasse de ser o que sou e, com isso, você deixasse de gostar de mim.

No dia seguinte, Aki me recebeu com um gorro de lã cor-de-rosa claro.

— O que aconteceu? E esse gorro...

Aki tirou o gorro com um sorriso travesso. Não consegui disfarçar a minha surpresa. Ela parecia ser outra pessoa. Seus cabelos estavam curtos. De um dia para outro, seus cabelos tinham sido cortados bem curtos, ou melhor, tinham sido quase raspados.

— Fui eu que pedi para cortarem desse jeito — ela falou, se adiantando. — Eles dizem que, assim que terminar o tratamento, meus cabelos vão crescer de novo. O jeito é esperar, né? Agora só me resta ficar animada para me empenhar no tratamento.

— Isso quer dizer que você está disposta a enfrentar o tratamento.

— Você tem certeza de que, se meus cabelos caírem, vai continuar a gostar de mim?

— É claro que vou!

O modo seguro como respondi fez com que Aki perdesse a coragem de retrucar.

— Você já ouviu falar em monjas? — ela perguntou, depois de um tempo.

— As monjas budistas?

— Antes de ficar doente, cheguei a pensar em entrar para um mosteiro, caso você morresse e me deixasse sozinha.

— Você tem cada ideia!

— É que não consigo me imaginar casando com outra pessoa a não ser você; muito menos pensar que vou ter filhos, ser mãe e envelhecer.

— Eu também não consigo me imaginar casando com outra pessoa a não ser você; muito menos pensar que vou ter filhos e ser pai. Por isso, você tem que ficar boa; senão, estou perdido.

— É mesmo — disse ela, alisando timidamente os cabelos com a palma da mão. — Ficou bom?

Depois de ter cortado o cabelo, as ânsias de vômito começaram a diminuir. Isso poderia estar relacionado com o corpo de Aki ter se adaptado aos remédios. O fato de passar a encarar o tratamento com otimismo também a deixou num estado emocional melhor. Ainda não conseguia fazer uma refeição completa, mas já consumia frutas, gelatinas, suco de laranja e um pouquinho de pão. Começou também a ler livros, ainda que não muito. Seu assunto predileto era a visão de mundo dos aborígines australianos e o seu modo de vida tradicional.

— Sabia que, antes de colher uma planta, eles sempre fazem uma imposição de mãos? — disse ela, compartilhando suas leituras. — Eles fazem isso para saber se uma planta está em fase de desenvolvimento e, portanto, se é cedo para colhê-la, ou se já está pronta para oferecer sua vida e servir de alimento.

Coloquei as palmas das minhas mãos na frente do rosto de Aki e disse:

— Esta aqui ainda está em fase de crescimento, por isso ainda é cedo para comê-la.

— O assunto é sério, sabia?

— O que você acha que os aborígines comem?

— Pássaros, peixes... nozes, frutas, plantas...

— Canguru, lagartixas, cobras, crocodilos, larvas...

— O que você está querendo dizer?

— Que, se você fosse um aborígine, não conseguiria comer pudim industrializado nem biscoitos integrais.

— Por que você só tem olhos para as coisas materiais, hein?

— É que nem todos os aborígines são pessoas tão boas como você pensa — disse eu, me lembrando de coisas que tinha visto durante a viagem. — E alguns pareciam doentes, com uma vida desregrada. Durante o dia se embebedavam e pediam esmolas aos turistas...

Aki ficou brava e respondeu:

— Isso é porque são um povo oprimido. — Após dizer isso, calou-se.

Assim que deixei o hospital, entendi que os aborígines não eram a questão principal. O que Aki estava tentando fazer era inserir sua própria existência no modo de vida e na visão de mundo deles, como uma espécie de utopia. Em outras palavras, ela buscava um significado para a sua vida, cheia de sofrimentos causados pela doença.

— Eles acreditam que existe uma razão para que todas as coisas do mundo existam — disse ela, em outra ocasião. — Para todas as coisas do universo há um motivo, e não existem mudanças repentinas e casualidades. Se pensamos que essas mudanças existem, é porque não compreendemos o universo. Deve ser porque o ser humano ainda não tem sabedoria suficiente para entender.

— Será que existe um motivo para uma criança nascer com anencefalia? — questionei.

— O que é isso?

— São bebês que nascem praticamente sem o cérebro. Dizem que há um projeto que propõe transplantar o coração desses bebês para os que têm doenças graves do coração. Será que isso seria uma explicação para o porquê de esses bebês terem nascidos com anencefalia?

— Acho que não é bem assim. Afinal, compreender algo não quer dizer que seja possível tirar proveito dele.

Aki estava pálida, ainda anêmica. Continuava fazendo transfusões. Seus cabelos já tinham caído quase por completo.

— Você acha que existe um motivo para que uma pessoa morra? — perguntei.

— Acho.

— Se existe um motivo para a morte, por que então as pessoas tentam evitá-la?

— É porque nós ainda não entendemos direito o que é a morte.

— Você se lembra da vez em que conversamos sobre o reino dos céus? Você disse que não acreditava que houvesse um mundo após a morte, ou um paraíso.

— Lembro.

— Se existe um sentido para a morte, não seria incoerente negar a existência de um mundo após ela, ou o paraíso?

— Por quê?

— Porque se a morte representa o fim de tudo, e que não existe mais nada depois dela, então não vejo nenhum sentido em morrer.

Aki olhou para a janela e parecia refletir. A torre branca do Shiroyama aparecia por entre as densas e viçosas copas das árvores. Alguns milhafres sobrevoavam o castelo.

— Eu acho que nós já temos tudo de que precisamos — disse ela, depois de um tempo, tentando encontrar as palavras. — Temos tudo; não nos falta nada. É por isso que não vejo sentido em pedir a Deus o que nos falta, ou buscar essas coisas num mundo após a morte. Afinal de contas, temos tudo aqui. Por isso, acho que o mais importante não é pedir, mas saber encontrar o que queremos. — Após uma pausa, prosseguiu: — Acho que o que não existe aqui, após a morte, continuará a não existir. Somente o que já existe é que continuará após a morte. Não sei como explicar isso direito.

— Quer dizer que, se eu gosto de você aqui e agora, isso significa que esse sentimento irá se perpetuar para além da morte. É isso? — falei, tentando entender o seu raciocínio.

— É isso — concordou Aki. — Era exatamente isso que eu estava tentando dizer. É por isso que não há motivos para tristeza ou medo.

3

Da janela da cafeteria do hospital vi que o céu estava acinzentado, carregado de nuvens baixas. A mãe de Aki estava sentada na minha frente, e isso me deixava ligeiramente tenso. Duas xícaras de café já morno estavam sobre a mesa.

— Queria falar com você sobre a doença da Aki... — disse a mãe dela, cortando a conversa trivial. — Você já ouviu falar de uma doença chamada leucemia?

Eu fiz que sim, demonstrando certa hesitação. Senti meu coração disparar. Parecia que um jato de álcool gelado fluía pelo meu corpo, através das minhas veias.

— Então, você já ouviu falar, não é? — disse ela e, na sequência, encostou os lábios no copo de água. — Você já deve ter percebido que a Aki está com leucemia. Agora estamos fazendo um tratamento para destruir as células leucêmicas. A ânsia de vômito e a queda de cabelo ocorrem por isso.

Sua mãe levantou o rosto para observar minha reação. Eu apenas assenti, sem dizer nada. Ela deu um longo suspiro e continuou:

— Graças aos remédios, uma boa parte das células ruins foi destruída. O próprio médico já chegou a dizer que, no momento, ela está melhor e que, logo, poderá ter alta. Mas não se pode fazer o tratamento de uma só vez. Trata-se de um medicamento forte, e será necessário repetir o tratamento várias vezes, o que levará no mínimo dois anos, e, dependendo do caso, pode chegar a cinco.

— Cinco anos? — Sem querer, deixei escapar meu espanto. Era difícil aceitar que ela continuaria a sofrer por mais cinco anos.

— Andei conversando com o médico sobre a possibilidade de levá-la para a Austrália quando estiver melhor. Sei que ela queria muito participar da excursão e estava ansiosa, mas, no final, você já sabe... ela não pôde ir. Se ela tiver uma recaída, terá de ser novamente internada e prosseguir o tratamento. E é por isso que, se possível, gostaria de levá-la antes que isso aconteça...

Ela ficou reticente e olhou para mim.

— E é sobre isso que eu queria conversar com você. Se você pudesse vir junto, ela ficaria muito contente. O que você acha?

— Eu vou — respondi, sem hesitar.

— Que bom! — disse a mãe de Aki. Visivelmente mais tranquila, agradeceu: — Obrigada. Tenho certeza de que Aki ficará muito contente. Mas por enquanto, por favor, não revele o nome da doença para ela, está bem? O médico também acha que devemos deixar que ela pense que está com anemia aplástica. Certamente, um dia vamos ter de revelar o nome da doença, já que o tratamento será longo. Mas, antes disso, acho melhor esperar mais um tempo para ver quais são as perspectivas.

Fiz uma busca no computador da biblioteca e selecionei os livros que descreviam a leucemia, lendo-os de cabo a rabo. Todos eles, de uma maneira ou outra, falavam sobre o desenvolvimento da doença e seu tratamento. A explicação coincidia com o tratamento diário que Aki fazia naquele mês. A sequência de efeitos colaterais que iam surgindo um após outro era devida ao uso de medicamentos antileucêmicos. Ao atacar as células leucêmicas, o medicamento destruía também os glóbulos brancos saudáveis, deixando a pessoa mais vulnerável às bactérias e aos fungos. Entendi por que me deram orientações sobre os procedimentos da rotina hospitalar. Um dos livros dizia que, atualmente, cerca de 70% dos pacientes com leucemia tinham uma cura temporária e, dentre esses, havia alguns que conseguiam se curar completamente. Será que isso queria dizer que, mesmo hoje, os casos de cura eram raros?

Na volta da escola, olhei para o céu e as nuvens brancas cintilavam, banhadas pelo sol de inverno. Parei no meio da rua e contemplei as nuvens durante algum tempo. Lembrei-me dos cúmulos-nimbos que vimos quando fomos para a ilha nas férias de verão. A pele branca e o corpo saudável da Aki daquela época eram coisas do passado. Durante algum tempo, não conseguia me recordar de nada. A buzina de uma bicicleta me fez voltar ao mundo real. Quando olhei novamente para o céu, as nuvens que acabara de ver estavam parcialmente escuras devido às variações da luz do sol. Como é que o tempo pode passar tão rapidamente, de forma tão trágica! A felicidade era como as nuvens que se transformavam a cada momento. Ora reluziam como ouro, ora ficavam acinzentadas; nunca permaneciam num mesmo estado por muito tempo. O tempo ensolarado era um mero capricho, um gracejo.

Eu me acostumei a rezar silenciosamente antes de dormir. Nem questionava mais se Deus existia ou não. O que eu precisava era de algo como um Deus para atender às minhas preces. Se bem que, mais do que preces, melhor seria dizer que eu estava tentando fazer uma negociação. Eu queria negociar com um ser grande e poderoso, com conhecimentos mais elevados que os da inteligência humana. Eu me colocava à disposição de assumir o lugar de Aki, caso ela se curasse. Fiquei tão preocupado com sua situação que me sentia insignificante, como as estrelas ocultas pela luz do sol.

Apesar de todas as noites pensar nisso e rezar, eu continuava a acordar saudável, e Aki continuava a sofrer. Eu não sofria como ela. O meu sofrimento era diferente, mas eu sofria do meu jeito: sem ser a Aki, sem ser seu sofrimento.

4

Sua saúde era como uma gangorra: ora melhorava, ora piorava. E o seu estado de espírito acompanhava essa oscilação. Às vezes estava animada e até as conversas sem pé nem cabeça a deixavam alegre; em outras, visivelmente deprimida, mal abria a boca, independentemente do que eu dissesse. Nessas horas, eu chegava a pensar que não era mais necessário para ela, e o tempo que ficava no hospital acabava se tornando uma obrigação árdua.

Eu tinha lido, em um dos livros da biblioteca, que isso poderia ser uma reação negativa à medicação utilizada no tratamento da leucemia. Se esse tratamento não desse certo, ela só poderia ser curada com o transplante de medula óssea. Quando Aki estava disposta, conversávamos sobre a Austrália e folheávamos os guias de viagem, mesmo sem saber se de fato iríamos viajar. A mãe de Aki, depois daquela conversa, não tocara mais no assunto.

— Se o tratamento é tão penoso, deve ser uma doença muito grave — disse Aki, deitada na cama com os olhos fechados, em profunda tristeza.

— Mesmo que seja uma doença grave, o fato de você estar fazendo um tratamento tão árduo indica que existe uma probabilidade real de cura. — Eu sempre procurava encontrar um jeito de interpretar de um modo positivo a realidade que ela estava enfrentando. — Se não houvesse nenhuma chance, acho que estariam fazendo um tratamento mais leve, não acha?

No entanto, ela nem me dava ouvidos.

— Às vezes, tenho vontade de fugir do hospital — queixou-se. — Todos os dias eu tenho medo de desistir e não querer mais continuar o tratamento.

— Mas eu sempre estarei aqui com você.

— Enquanto você está aqui comigo, está tudo bem. Mas, depois que você vai embora, quando o jantar é servido e se aproxima o horário em que eles apagam as luzes do quarto, começo a achar que não vou aguentar.

Alguns dias se passaram sem que eu pudesse visitá-la, pois ela estava com febre alta. A infecção devia ter sido causada pela diminuição dos glóbulos brancos. Ela tomou antibióticos, mas a febre não baixava. Eu começava a desconfiar do tratamento. A mãe de Aki chegou a comentar que, na maioria dos casos, esse tratamento contra a leucemia melhorava o estado de saúde do paciente por algum tempo. E o nosso plano era aproveitar esse período de melhora para viajar com ela. No entanto, se ninguém falava em alta, era porque seu estado de saúde não melhorava. Ou a doença de Aki era muito grave, ou o tratamento adotado pelo médico não era adequado. Se continuasse assim, o corpo de Aki é que não iria resistir.

— Eu acho que não tem mais jeito — disse Aki, quando a reencontrei após ficar um tempo sem poder vê-la. Ela estava com os lábios vermelhos, típicos de quem tinha passado por um período febril.

— Não diga isso.

— Não sei como; mas sei.

— Onde já se viu fraquejar desse jeito? — falei instintivamente, em tom severo.

— Até você, Saku-chan, está bravo comigo — disse ela, voltando os olhos para baixo, com uma expressão desolada.

— Ninguém está bravo com você. — E, na sequência, perguntei: — Tem alguém brigando com você?

— Todo mundo — ela respondeu. — Querem que eu me esforce mais; que eu coma mais e fique forte... Quando digo que não consigo comer por estar com ânsia de vômito, eles falam que é porque eu não tomo o remédio que me dão. Mas, com essa ânsia de vômito, não consigo tomar esses remédios...

Nessa época, Aki já devia saber o que se passava com ela. Parece que as pessoas, por si sós, acabam descobrindo sem que lhes contem nada.

— Ainda não consigo acreditar que vou morrer, mesmo com a morte bem na minha frente.

— Por que você sempre pensa no pior? — resmunguei, entristecido.

— Hoje de manhã me explicaram os resultados do exame de sangue — disse Aki, tentando justificar seu pessimismo. — Disseram que eu ainda tinha células malignas e por isso ia ser preciso combatê-las com remédios. Células malignas... Só pode ser leucemia.

— Você perguntou ao médico?

— Tive medo de perguntar.

Pensativa, prosseguiu com uma voz triste:

— Até hoje vim tomando vários tipos de remédios e eles não conseguiram destruir as células malignas. Para acabar com elas, vou ter de tomar remédios bem mais fortes. Falando sério, não vou conseguir resistir mais. Se continuar assim, em vez de morrer de doença, vou morrer de remédios.

— Acho que o fato de ser um remédio forte ou fraco não vem ao caso. O importante é saber se o remédio está sendo ou não adequado. Por isso, mesmo mudando de medicamentos, não significa que os efeitos colaterais serão piores.

— Será?

Aki pensou por um tempo e suspirou, como se não tivesse chegado a nenhuma conclusão.

— Até ontem, eu ainda tinha esperança de sarar. Hoje, nem sei se amanhã estarei viva.

Quando saí do hospital e voltava para casa, o presságio de que poderia perder Aki espalhou-se como uma tinta negra em minha mente. De repente, tive vontade de fugir. Fugir para um lugar distante, onde pudesse esquecer tudo. De repente, me vi caminhando sozinho numa rua em que alguns meses atrás caminhava com ela. Fui tomado por um pressentimento de que nunca mais íamos passar juntos por ali; e que não havia mais como evitar esse futuro.

Os novos medicamentos que ela começou a tomar também provocavam fortes efeitos colaterais, como já se temia. Quando finalmente a ânsia de vômito melhorava, era a estomatite que não a deixava comer. A alimentação teve de ser novamente reforçada com a aplicação de soro.

— Está tudo bem! — ela murmurou, como para si mesma.

— O que é que está bem?

— Tudo bem se eu não sarar. Resolvi aceitar o modo como os aborígines encaram a vida. Se existe uma razão para todas as coisas, certamente a minha doença também tem uma razão de ser.

— As pessoas ficam doentes para vencerem as doenças e se tornarem mais fortes.

— Está tudo bem. — Ela fechou os olhos calmamente e repetiu a frase. — Estou cansada de ficar sofrendo com o tratamento; de ficar pensando mil coisas sobre a doença. Em vez disso, quero ir com você para um país sem doenças.

Apesar de dizer isso, suas palavras não expressavam nenhum desejo real. E foi aí que surgiu a ideia de dar o primeiro passo para tentar concretizá-lo.

— Em último caso, iremos nós dois — eu disse.

Aki abriu os olhos e me fitou com ar de interrogação. Seus olhos, por si só, perguntavam: "Para onde?" Nem eu sabia para onde pretendia levá-la. Apenas expressei o desejo que eu tinha de fugir daquela realidade. Mas, ao dizer isso, me senti refém de minhas próprias palavras. Palavras que, ditas ao acaso, moldariam o futuro.

— Prometo que vou tirar você daqui — reforcei. — Se não tiver outro jeito, faremos isso.

— Como? — perguntou Aki, com a voz rouca.

— Vou pensar num jeito. Não quero fazer como o meu avô.

— Seu avô?

— Obrigar o meu neto a violar o seu túmulo.

Suas pupilas denunciavam uma hesitação. Para tranquilizá-la, disse:

— Vamos para a Austrália. — Direcionei a conversa para algo mais concreto. — Não vou deixar você morrer sozinha num lugar como este.

Ela baixou os olhos e ficou pensativa. Quando finalmente ergueu o rosto, me fitou e concordou, balançando levemente a cabeça.

5

A cada dia Aki ficava mais debilitada. Ela já tinha perdido praticamente todo o cabelo. Pequenas manchas arroxeadas se espalhavam por todo o corpo. Os braços e as pernas estavam inchados. Não havia tempo a perder. Comecei a pensar seriamente em como levá-la para a Austrália. Juntei várias informações e verifiquei quais eram as opções de viagem. Felizmente, o passaporte e o visto que foram providenciados para a excursão escolar ainda estavam dentro da validade. A primeira ideia que tive foi a de contratar um pacote turístico organizado por um guia local. Era o que parecia ser a escolha mais segura e acertada. No entanto, esta opção era também a mais complicada e não poderíamos partir logo. Um dos itens do contrato, por exemplo, exigia uma autorização do responsável no caso de menores de vinte anos.

As passagens eram outra questão complexa. Comprar bilhetes mais baratos para viajar com uma pessoa gravemente enferma era muito arriscado. O preço de uma normal chegava a quatrocentos mil ienes por pessoa. Outro ponto a ser considerado, de difícil solução, era definir a data do embarque. Afinal, eu não podia simplesmente procurar o médico e perguntar a opinião dele. Também não podia prever qual seria o estado de saúde de Aki daqui a uma ou duas semanas.

— Quero partir o quanto antes — disse Aki. — Sem as injeções e transfusões, a ânsia de vômito diminui. Acho que minha resistência física só vai piorar daqui pra frente. Quero partir enquanto ainda estou me sentindo bem.

Após verificar várias possibilidades, concluí que o mais adequado seria comprar um pacote conhecido como Zone Pex, da Australian Airlines. Com essa opção, o custo de viagem por pessoa ficava em torno de cento e oitenta mil ienes e, pagando uma taxa mínima, era possível cancelar a viagem um pouco antes da hora do embarque. Como tudo dependia do estado de saúde de Aki, a definição da data era realmente imprevisível. Se no dia de embarcar tivéssemos que cancelar, solicitaríamos o reembolso e aguardaríamos uma outra oportunidade. Soube, também, que podia agilizar a confirmação de reserva verificando os assentos vagos pelo computador.

O problema maior era quanto ao dinheiro. As passagens tinham de ser pagas no momento da reserva. Eu tinha economizado cerca de cem mil ienes, mas não dava nem para o começo. O que fazer para conseguir o restante? E em cima da hora? Só havia uma saída.

— Quinhentos mil ienes? — meu avô arregalou os olhos ao ouvir a quantia.

— Por favor, me ajude. Vou trabalhar e prometo devolver tudo.

— Pra que você precisa de tanto dinheiro?

— Não me pergunte o motivo; só quero que me empreste o dinheiro.

— Você acha que é assim?

Meu avô colocou o Bordeaux em dois copos e me passou um. Depois, com um tom afetuoso, disse:

— Saku-chan! Você já sabe o meu segredo. E até te confiei o meu último desejo. Mesmo assim você não pode me contar o seu?

— Desculpe-me, mas eu não posso contar.

— Por quê?

— A pessoa de quem o senhor gostava já morreu. Não vejo nenhum problema em confidenciar algo sobre uma pessoa que já morreu, mas de uma que está viva não é a mesma coisa.

— Deve ser algo muito sedutor, não é mesmo?

— Que sedutor, que nada.

Assim que falei isso, tudo o que eu guardava dentro de mim transbordou como se a barragem de um dique tivesse se rompido. Na mesma hora comecei a chorar copiosamente, sob o olhar atônito de meu avô. Chorei por um bom tempo. Quando finalmente consegui parar, tomei o vinho. Meu avô não me perguntou mais nada. Ficamos em silêncio, apenas bebendo.

Acabei dormindo no sofá. Ao despertar, estava com um cobertor por cima. Eram quase onze horas da noite.

— A Setsuko telefonou te procurando — disse meu avô, interrompendo a leitura e voltando o olhar para mim. — Sua mãe estava muito preocupada. Quer passar a noite aqui?

— Não. Preciso ir — respondi, ainda sonolento. — Amanhã tenho aula...

Meu avô me observou por um bom tempo, absorto em pensamentos. Em seguida, levantou-se e foi buscar no quarto ao lado uma caderneta de poupança, deixando-a sobre a mesa.

— A senha é véspera de Natal.

— Dia do meu aniversário?

— Eu ia te dar quando você entrasse na faculdade. Mas existe o momento certo para tudo. Não sei o que você pretende fazer. Se não quer me falar, tudo bem. Só quero que você me responda uma coisa: se não fizer isso, você se arrependerá?

Concordei, sem dizer nada.

— Então estamos conversados — disse meu avô, categórico. — Vamos, pegue. É seu. Deve ter cerca de um milhão de ienes.

— Posso mesmo?

— Mas tenha juízo com o dinheiro. Use-o com bom-senso — disse meu avô. — Não se esqueça de que não é só você que está envolvido nisso, entendeu?

Continuei a buscar informações sobre a Austrália: li os guias de viagem, entrei em contato com as agências de turismo e solicitei, via fax, algumas informações dos centros de turismo. Conforme ia obtendo as informações, nós planejávamos a viagem, aproveitando os momentos em que os pais de Aki se ausentavam.

— Reservei as passagens para 17 de dezembro — falei para Aki.

— No meu aniversário?
— Achei que daria sorte.

Ela sorriu e, com a voz debilitada, agradeceu:
— Obrigada.
— Vamos partir à noite — e comecei a explicar o plano. — Sairemos daqui à tarde. Acho que vai ser mais fácil escapar do hospital no horário do jantar. Pegamos um táxi até a estação e, assim que estivermos no trem, a vitória já é nossa.

Aki fechou os olhos como se estivesse imaginando a cena.

— Passaremos a noite no voo e, na manhã seguinte, logo cedo, estaremos em Cairns. Descansamos um pouco em algum lugar e depois vamos para Ayers Rock, pegando um voo local. Lá há alguns albergues que são mais em conta. Se você não quiser voltar, podemos ficar o quanto quisermos.

— Estou começando a acreditar que realmente iremos viajar — disse Aki, abrindo os olhos.

— É claro que vamos. Eu não prometi que ia te levar?

Saquei o dinheiro da poupança com o cartão que o meu avô me emprestou e comprei as passagens aéreas numa agência de viagens. Também contratei seguros de viagem internacional. O que mais me deu trabalho foi comprar dólares australianos. Nem todos os bancos trabalham com essa moeda. O único que certamente trabalhava era o banco Australian-New Zealand, mas infelizmente não havia nenhuma agência na cidade. Tive, então, de ligar para tudo quanto foi banco até finalmente encontrar um que tinha dólares australianos. Fui até ele e finalmente adquiri os cheques de viagem.

Por último, faltava resolver um problema muito importante. A questão era como conseguir pegar o passaporte de Aki.

— Não podemos pedir para os seus pais trazerem o passaporte, não é mesmo?

— Se eu tivesse um irmão ou uma irmã, poderíamos pedir para eles.

Assim como eu, Aki também era filha única. Ela tinha certeza de que o passaporte ainda estaria dentro da gaveta de sua mesa, pois é um tipo de documento muito pouco usado. Eu tinha ido algumas vezes à casa dela. Se eu conseguisse entrar, seria fácil pegar o passaporte. De início, pensei num meio legítimo de entrar na casa, mas não conseguia encontrar um pretexto adequado para uma visita aos seus pais.

— O único jeito é roubá-lo — disse eu.
— Acho que é a única saída.
— O problema, agora, é como entrar na casa.
— Vou te desenhar a planta da casa, que tal?

Ela desenhou a planta no caderno e me orientou como eu poderia entrar.

— Tenho a impressão de que ultimamente só ando fazendo essas coisas — falei, me lembrando do que havia feito nos últimos tempos.

— Sinto muito — disse ela, demonstrando lamentar a situação.

— Quero voltar a ser um estudante correto.

No dia seguinte, após visitar Aki, fiquei matando o tempo numa cafeteria em frente ao hospital, aguardando os pais dela chegarem após o serviço. Da janela da cafeteria, do outro lado da rua, podia ter uma visão ampla do estacionamento. Como eu já tinha visto o carro deles, não tinha como não reconhecê-lo. Após ficar à espreita por cerca de uma hora, vi quando o automóvel entrou. Era um pouco antes das sete. Aguardei saírem do carro para deixar a cafeteria.

Peguei minha bicicleta e saí em disparada para a casa de Aki. A casa era de madeira, bem antiga, do tempo de seus avós. Ao entrar pelo terraço, passar por um biombo e descer um lance de escadas rangentes, chegava-se ao quarto dela, em frente a um pequeno lago. Se a referência fosse a rua, eu estaria no subsolo, mas, ali, o restante da casa é que ficava no primeiro andar. Quando a casa é construída num terreno em desnível, a estrutura é complexa e as casas acabam tendo uma distribuição estranha. A rota que Aki desenhou para que eu pudesse entrar começava por eu ter de passar pela cerca viva do jardim e arrombar a porta da despensa que ficava ao lado do lago. No fundo desse aposento havia uma cômoda bloqueando a passagem. Ao mover a cômoda e seguir o corredor, ele terminava numa espécie de depósito da casa principal. Que ficava bem atrás do quarto de Aki.

    A dobradiça da porta da despensa estava meio solta e arrombá-la foi fácil. Também dei um jeito de empurrar a cômoda velha. Segui as instruções e fui eliminando os obstáculos até que, finalmente, deparei com um quarto que já me era familiar. Abri cuidadosamente a porta de papel corrediça. O quarto estava escuro e exalava um misto de leve cheiro de mofo e de um aroma que despertava saudade. Acendi a lanterna que levava comigo e fui até a mesa dela. Foi fácil encontrar o passaporte e, quando fui fechar a gaveta, notei que havia uma pedrinha sobre a mesa. Peguei a pedra e a segurei por algum tempo. Senti que a palma de minha mão foi se acostumando à frieza da pedra. Será que Aki também costumava segurar a pedra daquele jeito?

    Abri um pouco a cortina e vi o lago em meio à escuridão. As luzes das lâmpadas fluorescentes do jardim incidiam sobre o lago onde muitas carpas coloridas nadavam. Lembrei-me de que um dia eu e Aki estávamos de pé, bem aqui, olhando o lago. Ficamos em silêncio observando as carpas nadarem tranquilamente. Fechei a cortina e de novo percorri os olhos por todo o quarto. Havia um armário do lado oposto à janela. Aki disse que a caderneta de poupança estava guardada na gaveta de cima. Eram suas economias para a viagem e deveriam estar intocadas. Mas, em vez de abrir a gaveta de cima, resolvi abrir uma outra. Nela, encontrei as blusas e as camisetas de Aki, todas dobradas e organizadas. Peguei uma peça e encostei-a no rosto. Senti o aroma de sabão em pó misturado a um leve toque de seu cheiro.

    O tempo passou rápido. Eu sabia que precisava sair logo dali, mas meu corpo não se movia. Queria permanecer ali para sempre. Queria pegar todas as coisas que havia no quarto, uma a uma, e encostá-las no meu rosto para poder sentir-lhes o cheiro. Mesmo que ele fosse ínfimo, era capaz de revolver as camadas sedimentadas em meu tempo interior. Por um instante, senti-me tragado por um redemoinho de deslumbrante felicidade. Era como se cada sulco que compõe um pequenino coração vibrasse com doçura, repleto de alegria. Era como reviver a alegria do primeiro beijo; reviver a alegria do primeiro abraço. Mas, no instante seguinte, o reluzente redemoinho foi silenciosamente tragado pelo abismo escuro e, quando me dei conta, estava atordoado e parado no meio do quarto escuro com a roupa de Aki nas mãos. Senti que houve uma estranha mudança na percepção do tempo. Tive a impressão de que eu já tinha perdido Aki e que estava no quarto para buscar alguma lembrança dela. Essa impressão era estranhamente vívida. Era como se fosse possível recordar algo do futuro; como se pudesse ter um déjà-vú do que está para acontecer. E foi repelindo a todo custo o cheiro de Aki impregnado em cada célula que pude, finalmente, desvencilhar-me do quarto.

Disse a ela que tinha conseguido pegar o passaporte sem nenhum problema.

— Agora é só partir, não é? — disse ela, com uma expressão serena.

— Está praticamente tudo pronto pra viagem. Só falta comprar algumas coisas, fazer as malas e pronto.

— Saku-chan, sei que te causei inúmeros transtornos, e que você fez muito por mim...

— Pare de falar desse jeito.

— Às vezes, tenho uns pensamentos estranhos — disse Aki, revelando suas reflexões. — Chego a duvidar de que estou realmente doente. Sei que não é verdade, mas quando estou deitada e penso que você está ao meu lado, parece que não estou doente.

Controlei minha emoção, cerrando os dentes.

— E até outro dia você ficava choramingando que não conseguia nem comer, lembra?

— É mesmo — ela riu discretamente. — Agora eu me sinto muito estranha. Apesar de pensar o tempo todo na doença, não consigo encará-la racionalmente. Eu queria tanto fugir, mas agora não sei do que estou fugindo.

— Não estamos fugindo; estamos de partida.

— Tem razão — ela concordou e fechou os olhos. — Ultimamente, tenho sonhado muito com você. Será que você também sonha comigo?

— Se posso te ver ao vivo e a cores todos os dias, não vejo necessidade de sonhar.

Aki abriu lentamente os olhos. Neles não havia nenhuma sombra de medo ou insegurança, mas uma expressão de extrema serenidade, como um lago nas profundezas de uma densa floresta. E foi com esse olhar que ela me perguntou:

— E se você não puder mais me ver ao vivo e a cores?

Não respondi. Não conseguiria responder. Essa possibilidade estava fora de cogitação.

6

O jantar era servido às seis da tarde e então as visitas tinham de se retirar. Um pouco antes desse horário os carrinhos com as refeições ficavam enfileirados no corredor do hospital. Os pacientes iam pegar suas bandejas e voltavam para o quarto para comer. Alguns iam até a sala de visitas, onde havia um bule de chá para encher suas garrafas térmicas ou suas xícaras. Íamos aproveitar essa hora movimentada para fugir do hospital.

Após visitar Aki, saí do hospital e fiquei aguardando-a na cafeteria em frente ao hospital. Um pouco depois, Aki deixava o hospital pelo saguão principal, juntamente com os visitantes. Ela vestia um casaco sobre os ombros, em cima do pijama, e, como sempre, usava seu gorro de lã. Eu deixei a cafeteria e, enquanto fazia sinal para o táxi, ela se aproximou. Assim que entramos no carro informei nosso destino ao motorista, que ficou desconfiado.

— Deu tudo certo?

— Fingi que ia dar um telefonema e saí.

— Como se sente?

— Não posso dizer que estou nos meus melhores dias, mas estou bem.

Eu havia deixado as malas no guarda-volume da estação: uma mala grande e duas bagagens de mão. Havia também uma sacola de papel com uma muda de roupa para Aki se trocar. Tive de dividir toda essa bagagem em dois guarda-volumes, já que não cabia num único armário. Ao retirar tudo, o volume era até considerável.

— Bem, antes de mais nada, é melhor você se trocar — disse, olhando para Aki de pijama. — Aqui dentro tem uma muda de roupa.

— Foi você quem separou as roupas?

— Eu peguei a blusa e a camiseta no seu quarto. A calça jeans e o blusão são meus; talvez fiquem um pouco grandes.

Passado um tempo, Aki saiu do banheiro já trocada.

— Nada mau — comentei.

— Tem o seu cheiro — disse ela, aproximando o nariz da manga do blusão.

— Você pode sentir um pouquinho de frio, mas tente aguentar até entrarmos no trem, está bem? Lá na Austrália é início de verão.

Eu já tinha comprado os bilhetes. E, apesar de termos passado pela catraca e estarmos na plataforma de embarque, só sosseguei quando vi o trem chegar. Meu receio era de que, a qualquer momento, os pais dela nos alcançassem e nos pegassem na estação. Quando finalmente entramos no trem e sentamos numa das poltronas vagas, me senti como se tivesse terminado um trabalho colossal.

— Parece que estou sonhando!

— Você não está sonhando, não.

Tirei da caixa um bolo que havia comprado enquanto esperava Aki sair do hospital. Era pequeno, mas bem-decorado.

— É para mim?

— Também trouxe velas. Disseram que a maior vale por dez anos.

Coloquei o bolo no colo de Aki e espetei as velas correspondentes aos seus dezessete anos. A maior no meio e as outras sete ao redor.

— Ficou todo cheio de buracos! — comentei.

Aki sorriu sem dizer nada. Acendi as velas com um isqueiro descartável. Ao sentir o cheiro, o passageiro que sentava próximo de nós nos olhou intrigado.

— Feliz aniversário!

— Obrigada.

As chamas das velas refletiam-se na janela escura.

— Vamos... Sopre.

Aki levantou o bolo até a altura do rosto e soprou as velas, fazendo um biquinho. No primeiro sopro não conseguiu apagar todas; tentou de novo e só na terceira tentativa foi que conseguiu apagar as oito. Percebi que esse esforço tinha sido o suficiente para deixá-la exausta.

— Não temos faca. Vamos comer assim mesmo?

Passei para ela uma colher de plástico transparente. Do tipo que usávamos para comer pudim. Educadamente, comecei a comer a metade que me cabia de fora para o centro do bolo. Aki só comeu um pedaço pequeno e, depois, praticamente não comeu mais nada.

— Não é estranho?

— O quê?

— Você não acha que forçaram a barra ao chamá-la de Aki, "outono", se você nasceu em 17 de dezembro?

Apesar de ela me fitar como quem não estava entendendo o que eu queria dizer, continuei:

— Veja bem, levando em consideração a data de seu aniversário, o seu nome não deveria ser Fuyuko, "garota do inverno", ou Fuyumi, "o fruto do inverno"?

Sem querer, nos entreolhamos.

— Não me diga! — Ela parecia estar realmente pasma. — Quer dizer que durante todo esse tempo você estava enganado!

— Enganado?

— O meu nome vem de "cretáceo", uma palavra composta de três ideogramas: Haku-A-Ki — explicou Aki. — "Cretáceo" é o período geológico dos mais ativos, em que surgiram inúmeras espécies de plantas e animais: dinossauros e plantas da espécie pteridófita. Eles me deram esse nome com o desejo de que minha vida fosse próspera como os seres vivos desse período, sabia?

— Então quer dizer que Aki vem de "próspero como os dinossauros".

— Você realmente não sabia?

— Estava convencido de que Aki era de "outono", de primavera-verão-outono-inverno.

— Você nunca viu meu nome na lista de chamada?

— É que, quando te conheci, logo achei que se tratava de outono, a estação apetitosa das guloseimas.

— Quando você mete uma coisa na cabeça, é fogo! — ela disse, rindo. — Se você achava que era isso, por mim tudo bem. Esse será meu nome entre nós. Se bem que dá a impressão de ser outra pessoa...

O trem parava nas estações e avançava em direção à cidade em que ficava o aeroporto. Havíamos pegado a mesma linha em maio, quando fomos ao zoológico. Naquela época, a viagem tinha um objetivo. Desta vez, também; mas eu não tinha mais certeza se esse lugar realmente existia na Terra.

— Acabei de me lembrar de uma coisa importante.

— O que foi agora? — Aki, que até então olhava pela janela, voltou-se para mim, meio aborrecida.

— O seu aniversário é em 17 de dezembro, certo?

— E o seu é no dia 24.

— Isso quer dizer que, desde que nasci, não fiquei nem um segundo sem você neste mundo.

— É. Acho que sim.

— O que estou querendo dizer é que no mundo em que nasci você já existia nele.

Ela franziu a sobrancelha, intrigada.

— Desconheço um mundo sem você e tenho dúvidas se ele realmente existe.

— Não se preocupe. O mundo continuará a existir, mesmo sem mim.

— Não sei...

Olhei pela janela. De tão escuro, não se via nada. O bolo sobre a pequena bandeja do assento era refletido no vidro escuro da janela.

— Saku-chan?

— Realmente eu não deveria ter escrito aquela carta.

— Falei, como se tentasse repelir sua voz. — Eu é que acabei atraindo a desgraça ao escrever aquilo...

— Me entristece ouvir você dizer isso.

— E você acha que eu também não fico triste? — Voltei a olhar pela janela escura. Não se podia ver nada: nem passado, nem futuro. A metade que havia sobrado do bolo era, para mim, como a representação de um sonho frustrado.

— Eu estava esperando você nascer, sabia? — a voz de Aki estava serena. — Eu estava aqui, sozinha, num mundo em que você ainda não existia.

— Mas foi apenas uma semana. Quanto tempo você acha que vou ter de viver neste mundo sem você?

— Será que a duração do tempo tem tanta importância assim? — disse Aki, tomando ares de um adulto. — Ficamos pouco tempo juntos, mas fui muito, muito feliz. Tão feliz que não creio existir felicidade maior que a minha. Com certeza, fui a pessoa mais feliz do mundo. Mesmo agora, neste instante, sinto-me assim. Por isso, para mim, já é o suficiente. Lembra aquela conversa que tivemos? O que existe aqui, agora, continuará a existir para sempre, mesmo após a minha morte?

Suspirei fundo e disse:

— Você se contenta com muito pouco.

— Está enganado — respondeu Aki. — Não estou nem um pouco a fim de largar essa felicidade. A minha intenção é levá-la comigo para todo o sempre.

A distância da estação até o aeroporto era grande. Poderíamos ter tomado um ônibus, mas, como tínhamos pouco tempo, resolvemos seguir de táxi. O carro percorreu a estrada escura. O aeroporto ficava numa cidade afastada, perto do mar. Tinha a impressão de que todas as lembranças que havíamos construído juntos e que nos eram importantes iam sendo deixadas para trás. Avançávamos em direção ao futuro, mas eu não conseguia ter nenhuma esperança nele. Quanto mais nos aproximávamos do aeroporto, mais meu desespero aumentava. Para onde teria ido a felicidade do passado? Por que será que o agora era tão triste? A tristeza era tão grande que era difícil crer que fosse real.

— Você tem um lenço de papel? — Aki perguntou, cobrindo a ponta do nariz com a mão.

— O que aconteceu?

— Está sangrando.

Remexi os bolsos e passei para ela um pacotinho de lenço que distribuíram na rua; era uma propaganda de uma empresa de empréstimos ou coisa parecida.

— Está tudo bem?

— Sim. Daqui a pouco deve parar.

No entanto, mesmo depois de deixar o táxi, o sangue continuava a sair. O lenço estava todo encharcado. Resolvi tirar uma toalha da mala. Ela apoiou a toalha no nariz e sentou-se no banco do saguão do aeroporto.

— Vamos voltar? — perguntei, preocupado. — Ainda dá tempo de cancelar.

— Me leva... — Aki pediu bem baixinho.

— Não precisa forçar agora, podemos tentar outro dia.

— Se não formos agora, tenho certeza de que não haverá outra vez.

Ela estava pálida. Fiquei apreensivo só de pensar que o estado dela poderia piorar quando estivéssemos dentro do avião.

— Acho melhor desistirmos.

— Por favor.

Ela segurou minha mão. Sua mão estava inchada, com manchas arroxeadas. E ficou marcada com a pressão dos meus dedos.

— Está bem. Vou dar a entrada para o embarque. Me espere aqui.

— Obrigada.

Fui andando em direção ao balcão da empresa aérea. Estava decidido a embarcar com ela de qualquer maneira. Não temia mais nada. Não tinha mais nenhuma imagem do futuro. Era somente o presente que parecia se perpetuar para sempre.

Nisso, escutei um barulho atrás de mim. Era como uma mala que caía. Quando me virei, vi que Aki estava caída ao lado do banco.

— Aki!

Quando me aproximei dela, as pessoas já começavam a se aglomerar. O nariz e a boca estavam vermelhos de sangue. Ela não respondia ao meu chamado. "É tarde demais", pensei. Era tarde demais para qualquer coisa: para me casar com ela, para ter os nossos filhos. Por uma questão de segundos, estava para ser tarde demais a realização do único sonho que nos havia restado.

— Por favor, ajudem — implorei para as pessoas ao redor. — Por favor, ajudem.

O encarregado do aeroporto se aproximou. Alguém já estava providenciando a ambulância. Onde será que eles estavam pensando em levá-la? Não havia para onde ir. Ficaríamos naquele lugar, eternamente presos a ele.

— Por favor, ajudem.

A minha voz foi perdendo força e, no fim, estava eu, em estado de prostração, a murmurar repetidas vezes por socorro, voltado para Aki inconsciente. Na verdade, o meu pedido não era para Aki, nem para os que estavam ao nosso redor. Com uma voz que somente eu podia ouvir, voltado para uma entidade superior, eu implorava várias e várias vezes: "Me ajude, por favor. Por favor, ajude a Aki. Nos salve... Nos tire daqui..." No entanto, minha voz parecia não alcançá-la. Não podíamos ir para lugar algum. A noite avançava.

7

Já era madrugada quando os pais de Aki e o meu pai chegaram ao hospital. Quando a mãe dela me viu, virou o rosto e se pôs a chorar. O pai de Aki, que a levava nos braços, olhou-me por cima do ombro dela e discretamente acenou com um pequeno movimento de cabeça. Eles conversaram com o médico no corredor e entraram no quarto em que Aki estava. Meu pai sentou-se no sofá, ao meu lado, e colocou a mão sobre o meu ombro, sem dizer nada.

Foram horas de extrema agonia. Durante a espera, meu pai trouxe um café num copo descartável.

— Está quente — disse ele.

No entanto, eu não sentia o calor. Fiquei segurando o copo até ele esfriar. Se eu não fizesse isso, com certeza acabaria queimando a boca.

Trinta minutos depois, os pais de Aki saíram do quarto. Sua mãe enxugava as lágrimas apoiando o lenço no canto dos olhos. Com uma voz chorosa, aproximou-se de mim e disse:

— Por favor, fale com ela. — Segui as instruções da enfermeira e vesti a roupa esterilizada, a touca e a máscara. Ela estava na enfermaria. Tinha uma agulha de soro injetada no braço e usava máscara de oxigênio. Quando peguei seu braço livre, ela abriu lentamente os olhos. Estávamos somente nós dois no quarto.

— Está na hora de nos despedirmos. — disse ela. — Não quero que fique triste, está bem?

Balancei a cabeça, apático.

— Se você não levar em conta que meu corpo não estará mais aqui, não há motivos para ficar triste — disse e, depois de um tempo, continuou: — Estou começando a acreditar que existe o reino dos céus. Até parece que aqui já é parte dele.

— Logo estarei com você. — A muito custo, foi a única coisa que consegui sussurrar.

— Estarei te esperando — disse, esboçando um sorriso meigo. — Mas não precisa vir logo. Mesmo que eu não esteja mais aqui, saiba que estarei sempre com você.

— Eu sei.

— Você vai me encontrar de novo, não vai?

— Vou te encontrar logo.

A respiração dela começou a ficar rouca. Tentou recuperar o fôlego e disse:

— Que bom. Eu já sei para onde vou...

— Você não vai para lugar algum.

— É mesmo. Você tem razão. — Ela concordou e fechou os olhos. — Eu queria te dizer que já sei disso.

Aki parecia ficar cada vez mais distante: sua voz, a expressão de seu rosto, até mesmo a mão que eu segurava.

— Você se lembra daquele dia, no verão? — disse ela, tentando reavivar uma brasa que se apagava. — Flutuando no mar, num barco pequeno...

— Lembro, sim.

Ela começou a falar alguma coisa, mas eu já não conseguia escutar o que dizia. "Ela está partindo", pensei. Ela partia, deixando as lembranças erguidas em muros de vidro.

Minha mente se preencheu com o intenso azul do mar de verão. Lá existia tudo; não faltava nada. Preenchia tudo. Mas agora, quando tento tocar essas lembranças, minha mão se tinge de sangue. O meu desejo era ficar flutuando eternamente naquele mar. Desejava que eu e Aki pudéssemos nos transformar em parte de seu brilho.

8

O ancoradouro flutuava em meio à névoa. Ouvia-se o barulho das ondas calmas lavando as pedras da beira da água. Ouvia-se o canto das aves selvagens nas montanhas. E não eram apenas de uma única espécie, mas de várias.

— Que horas são? — Aki perguntou, ainda deitada na cama.

— Sete e meia — respondi, olhando o relógio. — Apesar da névoa, logo deve clarear. Hoje também o dia será quente.

Levamos as malas para baixo e lavamos o rosto no tanque dos fundos. Tomamos um café da manhã simples, com pão e suco. Ainda faltavam três horas até Ôki ir nos buscar de barco. Enquanto ele não chegava, resolvemos passear pela praia.

Graças à chuva, a manhã estava fresca para a estação do ano. O caminho até a praia era asfaltado, mas, por estar todo rachado, o mato rasteiro crescia por entre as fendas. As ervas ainda estavam molhadas com a chuva do dia anterior. Andamos pela praia, quase sem falar nada. As teias de aranha das instalações da praia estavam com gotas de chuva e, com a luz do sol, emitiam um suave brilho.

Enquanto caminhávamos pela orla, Aki pegou uma pedrinha.

— Olha! Tem o formato da carinha de um gato.
— Deixa eu ver.
— Aqui são as orelhas e aqui a boca.
— É verdade. Você vai levar?
— Vou. Vai servir de lembrança de que estive aqui com você.

Sentamos no ancoradouro e, enquanto estávamos vendo o mar, avistamos o barco de Ôki se aproximando no horário combinado.

— Nossa! Minha mãe estava passando muito mal... — disse ele, assim que chegou, jogando o cabo para nós.
— Tudo bem. Deixa pra lá.
— Tudo bem?

Ôki olhou desconfiado para Aki. Ela ficou vermelha e desviou o olhar para o chão.

— Vamos embora — disse eu.

A leste, o céu estava tomado por cúmulos-nimbos gigantes. O topo das nuvens era redondo e liso e, com a luz do sol, brilhava como uma pérola. O barco manejado por Ôki seguia sem nenhum problema. Do lado esquerdo vi a praia. Vi também o parque de diversões, a roda-gigante e a montanha-russa. A encosta, que fora lavada pela chuva, banhava-se com a luz de verão, que ressaltava seu verde denso, reluzente. Praticamente não havia ondas e o mar estava calmo. Na superfície da água havia muitas águas-vivas. A proa abria caminho entre elas.

— Vocês estão ouvindo algo? — perguntou Aki, no meio do trajeto.

O barco passava pelo extremo norte da ilha. Uma rocha gigante despontava no mar e, ao redor dela, exibiam-se rochas pretas e pontiagudas. Fiquei com os ouvidos atentos, mas não consegui ouvir nada.

— Desliga um pouco o motor — gritei para Ôki.

— O quê? — disse Ôki, apertando a válvula reguladora.

Quando o motor do barco silenciou, ouvimos um ruído bem baixinho vindo de algum lugar: "Vrum... vrum..." O ruído era sempre o mesmo, e repetia-se a intervalos regulares. Era um som sinistro, que eu nunca tinha ouvido antes.

— O que será? — perguntou Aki.

— É uma caverna — respondeu Ôki. — Tem uma caverna na ponta da ilha.

Ôki girou a válvula reguladora e pôs o barco em movimento. No entanto, depois de um tempo a rotação do motor parecia diminuir. A seguir, o motor começou a engasgar, "cof... cof...", e parou completamente. Ôki puxou a corda de ignição e tentou ligá-lo novamente. No entanto, por mais que tentasse, a única resposta do motor era um sonoro e monótono "prurururu... prurururu...", e nada de ele ligar.

— Deixa que eu puxo a corda enquanto você cuida da válvula.

Finquei os pés no chão do barco e puxei a corda do motor. Após algumas tentativas, finalmente ele começou a dar sinal de vida, "brum... rurururu", e, enfim, funcionou. Mas, quando Ôki tentou aumentar a rotação girando a válvula, o motor voltou a resmungar "burun... rurururu... ru-ru-ru..." e, de novo, parou.

— Não vai dar — disse Ôki.

— Desculpe-me. Eu não devia ter dito besteira.

— Não é culpa sua.

— É isso! Vamos pedir ajuda pelo rádio — disse eu.

— Este barco nunca teve rádio — Ôki respondeu rispidamente.

O barco ficou à deriva. A ilha de Yumejima foi ficando cada vez mais distante e pequenina. Eu e Ôki tiramos a chave de fenda da caixa de ferramentas e abrimos o motor para verificá-lo, mas não conseguimos descobrir o que havia de errado.

— Não parece estar com defeito — disse Ôki, desnorteado.

— Será que acabou o combustível?

— Não. Ainda tem.

— O que vamos fazer? — perguntou Aki, preocupada.

— Logo deve passar um barco — disse Ôki, tentando tranquilizá-la.

Após o meio-dia, choveu. Olhamos para o céu e deixamos as gotas caírem sobre os nossos rostos. Foi uma chuva rápida que novamente deu lugar ao sol de verão. O barco ia numa direção em que não havia nenhuma ilha.

— Vendo assim, até parece que o mar está um pouco arredondado — comentou Aki, com o queixo apoiado na borda do barco. Ela olhava na direção do horizonte que se descortinava à nossa frente.

— Ora, isso é porque a Terra é redonda — disse eu.

— Se ela é redonda, falar "linha do horizonte" é estranho, não é?

— Com certeza.

— Esse termo deve ser da época em que se acreditava que a Terra era achatada como uma bandeja e que no fim dela havia uma cachoeira.

Ficamos um bom tempo contemplando o horizonte cintilante. De repente, Ôki gritou:

— Um barco!

Quando olhamos para a direção em que ele apontava, vimos um barco pesqueiro se aproximando. Nós nos levantamos e acenamos para ele. O barco começou a reduzir a velocidade e foi se aproximando lentamente de nós. Quando estava a uns cinco metros, um pescador idoso perguntou para Ôki:

— Ei! Você não é Ryûnosuke?

— Você conhece ele? — perguntei baixinho.

— É um vizinho, o sr. Horita.

Ôki explicou o que tinha acontecido para o dono do barco pesqueiro. Depois, amarrou na proa um cabo que o sr. Horita lançou. Nosso barco foi rebocado e tranquilamente seguiu viagem.

— Estamos salvos... — disse Ôki, aliviado.

— Olha! — falou Aki, eufórica.

Quando me virei para a direção em que ela apontava, vi um arco-íris bem grande na divisa entre o céu azul e as nuvens. Seu topo não tinha o contorno tão bem-definido e, na parte inferior, as cores iam ficando cada vez mais claras até desaparecerem. Fiquei contemplando atentamente o arco-íris. Após um tempo, comecei a distinguir os vários matizes de cada cor que o formavam: percebi que graduações de cores se mesclavam entre o vermelho e o amarelo; entre o azul e o verde. E, como a pele bronzeada que se descasca no final do verão, as ágeis garras do vento sulcavam o arco-íris, e a luz do sol dissolvia suas cores no ar. O céu reluzia como se nele tivessem sido espalhados inúmeros e delicados fragmentos de vidro.

Capítulo IV

1

O funeral de Aki ocorreu num dia frio no final de dezembro. Desde a manhã, nuvens acinzentadas pairavam baixas e não havia vestígio de sol. Muitos alunos e professores compareceram ao velório. Lembrei-me do Natal da sétima série, quando a professora de Aki falecera. Naquele dia, fora Aki quem lera a mensagem de condolências. A cerimônia havia ocorrido exatamente dois anos antes. Eu ainda não conseguia assimilá-los. Não saberia dizer se haviam demorado ou não para passar. Era como se eu tivesse perdido a noção do tempo.

Quando o representante dos alunos lia a mensagem de condolências, desabou uma tempestade com granizos miúdos. Houve um burburinho no recinto, mas a mensagem foi lida até o final. Muitas meninas choravam. Em seguida, começaram a acender os incensos. Seguindo o ritual, ofereci o incenso e, em frente ao altar, juntei as mãos num gesto de oração. Quando levantei o rosto, seu retrato estava diante de meus olhos: uma garota incrivelmente linda, enquadrada numa moldura. A Aki da foto não se parecia nem um pouco com a Aki real — ao menos, aquela não era a Aki que eu conhecia tão bem.

A maioria acompanhou o caixão até o portal do templo, mas a mim foi permitido acompanhá-lo até o crematório. Entrei no micro-ônibus da funerária com os familiares e seguimos vagarosamente o carro fúnebre. De vez em quando, chovia e nevava ao mesmo tempo, e o motorista acionava o limpador do para-brisa. O crematório ficava num vale, distante da cidade. O veículo subia a estrada montanhosa por entre bosques de cedros. No caminho, passamos por um local em que havia vários carros sucateados e abandonados. Passamos também por uma granja. Tive uma vaga lembrança de Aki, que estava sendo conduzida para esse lugar triste, prestes a ser incinerada, transformada em cinzas.

Eu só me lembrava dela da época em que estava saudável: daquela tarde de outono, na primeira série do ensino médio, quando a acompanhei até perto de sua casa e reparei que seus cabelos caídos nos ombros destacavam a blusa branca que usava; de nossas sombras projetadas no muro; dela nadando de costas ao meu lado; de suas pálpebras bem cerradas com o rosto voltado para o sol; dos cabelos espalhados na superfície da água; da pele alva de seu pescoço, todo molhado, reluzindo à luz do sol... Ao pensar que o corpo dela seria incinerado e transformado em cinzas, senti desespero e agonia. Abri a janela do micro-ônibus e deixei que o vento gelado batesse em meu rosto. Aquilo, que não era nem chuva nem neve, batia em minha face e derretia. Queria ter feito isso. E também queria ter feito aquilo. Pensamentos desse tipo iam surgindo sem parar e, tal qual a neve que derretia na chuva, iam desaparecendo.

Enquanto cremavam o cadáver, foi servido saquê para os adultos. Sozinho, caminhei até os fundos da construção. A encosta da montanha ficava bem próxima do edifício e nela cresciam plantas amarronzadas, ressequidas com o inverno. Numa área que parecia ser um depósito de lixo havia cinzas negras espalhadas. No entorno, o silêncio reinava absoluto: não se ouviam vozes nem o som dos pássaros. Agucei os ouvidos e a única coisa que pude ouvir foi um leve som da caldeira que queimava Aki. Olhei para o céu, hesitante. Havia uma chaminé vermelha de boca quadrada, cheia de fuligem, soltando fumaça.

Tive uma sensação estranha ao ver a fumaça, proveniente da incineração da pessoa que eu mais amava no mundo, subir lentamente em direção ao céu de inverno. Por um bom tempo fiquei parado somente acompanhando a fumaça que era ora preta, ora branca. Quando a última porção de fumaça se mesclou às nuvens acinzentadas, senti meu coração totalmente vazio.

Início de um novo ano. O ano em que eu e Aki passamos juntos foi descartado com a última folha do calendário. Passei a primeira semana assistindo à TV na sala. Quase não saí de casa. Não fui fazer o tradicional *hatsumôde*, a primeira visita que se faz ao santuário xintoísta no início do ano novo. Na TV, os artistas, bem-vestidos, cantavam e faziam brincadeiras. Eu nunca os tinha visto nem sabia quem eram. A TV era colorida, mas para mim não tinha cor. Olhava a tela como se fosse uma massa em preto e branco, em que um grupo de artistas fazia algazarra e dava risadas. Aos poucos, esse silêncio barulhento se fundia numa paisagem desconhecida.

Viver era como repetir, dia após dia, um ciclo de suicídio e ressurreição da alma. À noite, antes de dormir, pedia para que eu não despertasse mais nesse mundo. Não nesse mundo sem Aki. No entanto, ao amanhecer, continuava acordando num mundo vazio e frio, sem Aki. Como um Cristo sem esperança, cumpria a sina da ressurreição. Ao começar o dia, eu me alimentava, conversava com as pessoas e, se chovesse, abria o guarda-chuva; se eu me molhasse, colocava a roupa para secar. No entanto, nada disso tinha sentido. Era como ouvir o som disparatado de alguém que ficasse batendo nas teclas do piano de qualquer jeito.

Todas as noites eu tinha o mesmo sonho. Eu e Aki estamos num barco flutuando sobre o mar calmo. Ela fala sobre a linha do horizonte. "O termo 'linha do horizonte' é um resquício do tempo em que se acreditava que o mar era como uma bandeja e que, na borda, havia uma cachoeira", explico para ela. "Digamos que, mesmo que essa cachoeira exista de verdade, ela está tão distante que não se pode alcançá-la de barco e, portanto, na prática, é o mesmo que dizer que ela não existe." Assim que digo isso e olho para trás, vejo, um pouco adiante, uma enorme quantidade de água sendo tragada violentamente pela cachoeira, sem emitir nenhum tipo de som.

Apresso Aki e, assim que saltamos do barco, começamos a nadar na direção oposta à cachoeira. O mar, calmo quando estávamos no barco, agora tem uma forte correnteza que nos puxa em direção à queda-d'água. Lutamos desesperadamente batendo pés e braços, tentando nadar a todo custo contra a correnteza. Depois de nadar por um bom tempo, finalmente sinto que a correnteza está mais fraca e que estamos fora do seu alcance. E então, quando olho para o lado, não vejo mais Aki.

Então, ouço um grito. Quando me viro, vejo que Aki está sendo tragada pela cachoeira. Seu corpo gira como um peão e leva solavancos da correnteza atroz. Ela se debate na água e chora em desespero. Atrás dela, a água cai num abismo. A ausência de som faz com que o mar pareça ainda mais hostil. Rapidamente, dou meia-volta e nado em sua direção. Mas não dá mais tempo. Eu sei que não vou conseguir chegar a tempo. "Nunca dá tempo", penso, enquanto nado.

Ouço a voz de Aki, bem distante. Grito para ela. Eu a chamo várias vezes. Mas tudo está sendo tragado: seus braços, seu rosto, seus cabelos espalhados na superfície da água. Os olhos de Aki, arregalados de pavor e desespero, são tragados pela água azul e desaparecem.

Um novo semestre se iniciou e eu continuava sentindo um imenso vazio. Os colegas de classe não conseguiam me distrair, muito menos me consolar. Digamos que eu até conseguia fingir que me distraía, mas, no fundo, não conseguia me alegrar com a companhia deles. Minhas palavras eram carentes de emoção. E o fato de conversar com meus amigos, sempre manipulando as palavras, tornava-me uma pessoa fingida. Minha voz parecia de outra pessoa. Com o tempo, comecei a me aborrecer com meus amigos. Comecei a evitar os locais em que havia gente e passei a gostar de ficar sozinho. Eu não sabia mais apreciar o convívio com outras pessoas. Era como se eu estivesse completamente sozinho no mundo.

Quando eu voltava para casa, abria os livros escolares, os cadernos de exercícios e estudava. Conseguia ficar concentrado por horas a fio. Não era nenhum peso resolver questões complexas de cálculo infinitesimal, ou consultar palavras nos dicionários de inglês. Para mim, tudo que não dava margem aos sentimentos era uma atividade relativamente cômoda. Mas às vezes era pego de surpresa: quando, por exemplo, num texto longo em inglês, deparava com a expressão *raining cats and dogs*. Isso me trazia à lembrança o dia em que eu e Aki pegamos uma chuva torrencial. Como só ela tinha trazido guarda-chuva, nós dois nos espremos debaixo dele, ombro a ombro, caminhando pelas ruas de sempre. Quando chegamos à casa dela, estávamos encharcados. Ela ofereceu uma toalha, mas, como aleguei que ia acabar me molhando de novo, peguei apenas o guarda-chuva emprestado e fui para minha casa. Toda vez que lembranças desse tipo vinham à tona, meu coração ardia como pele queimada pelo sol de verão.

Cada dia parecia separado do anterior. Para mim, o tempo não transcorria linearmente. O sentimento de que algo tinha continuidade, de que algo se desenvolvia e se transformava, não existia mais para mim. Minha existência se limitava a viver cada segundo, um após outro. Não havia futuro, nem perspectivas de que houvesse algum. Do passado, restavam inúmeras lembranças que, ao serem recordadas, faziam-me sangrar. E, sangrando, eu repassava essas lembranças. Será que um dia esse sangue derramado se coagularia e se transformaria em uma crosta dura? Será que algum dia, quando as lembranças de Aki viessem à tona, eu não iria sentir mais nada?

2

Decorridos alguns dias após o ano-novo, eu estava assistindo à TV na casa de meu avô quando um escritor famoso apareceu num programa de variedades para falar sobre o "outro mundo". Ele afirmou que "existe um outro mundo". O ser humano é um estado de existência em que a consciência e o corpo estão amalgamados, e, quando morremos, tiramos essa roupagem chamada corpo. Quando isso acontece, a consciência se desprende do corpo — como a borboleta se liberta da crisálida — e segue para um outro mundo. É nesse outro mundo que encontramos as pessoas queridas que já morreram.

Esse "outro mundo" comunica-se conosco de várias maneiras, por meio de sinais. No entanto, a partir do momento em que o homem se acostumou a pensar racionalmente, deixou de percebê-los. É por isso que precisamos estar atentos para não deixar que nos escapem. Foi o que o escritor disse. Eu o achei um tolo.

— O que o senhor acha? — perguntei ao meu avô, assim que terminou o programa. — O senhor acredita que existe um outro mundo? Um mundo em que nos reencontramos com as pessoas que amamos?

— Ah! Seria bom se existisse... — meu avô respondeu, com os olhos fixos na TV.

— Pois eu acho que não existe.

— É uma pena você achar isso.

— Os que morreram estão mortos, e jamais os veremos de novo. Isso não é claro? — respondi, ligeiramente irritado.

Meu avô, parecendo preocupado, comentou:

— Você é muito pessimista, não acha?

— Não é de hoje que penso assim. Não entendo o motivo de inventarem essa coisa de outro mundo ou de paraíso.

— Por que você acha que inventaram isso?

— Para explicar a perda de pessoas amadas.

— Você acha?

— O homem inventou o além e o paraíso porque muitas pessoas queridas morreram. Afinal, quem morre é sempre o outro; nunca é você, não é assim? É por isso que quem está vivo tenta resgatar seus mortos cultivando essas ideias. Mas, para mim, isso tudo não passa de uma mentira. Tanto o outro mundo quanto o paraíso não passam de mera invenção criada pelo homem.

Meu avô pegou o controle remoto sobre a mesa e desligou a TV.

— No nosso mundo, a morte é um fato cruel, não é, Sakutarô? — disse meu avô, num tom afetuoso. — A morte é simplesmente um vazio; não existe nada além dela, nem mesmo a reencarnação. Isso não é cruel?

— Mas isso é um fato, e, sendo assim, não se pode fazer nada a respeito.

— Essa é apenas uma forma de ver as coisas.

— Quando leio o que os cristãos dizem sobre a morte, que ela é bela e não há o que temer, fico com raiva. Acho isso tudo uma bobagem, me parece uma ideia muito pretensiosa. A morte não é nem um pouco bela. Ela é basicamente trágica e vazia. E não podemos fazer nada em relação a isso.

Meu avô ficou em silêncio por um longo tempo, fitando o teto. Depois, mantendo o olhar para cima, falou:

— Dizem que quando um discípulo de Confúcio morreu, o mestre, que até então nunca havia falado sobre os céus, gritou aos prantos: "Céu! Tu estás a me aniquilar..." E também contam que Kûkai,* que negava os conceitos de nascimento e morte, deixou escapar, involuntariamente, lágrimas diante da morte de seu discípulo. — Meu avô olhou para mim e indagou: — Por que será que é tão triste perder a pessoa amada?

O meu silêncio o instigou a prosseguir:

— Não seria porque realmente amamos essa pessoa? A tristeza não ocorre porque nos separamos da pessoa amada, ou por sua ausência. Ela ocorre porque é muito difícil nos distanciarmos de quem amamos. Passamos, então, a perseguir as lembranças com saudade. Essa dor nunca tem fim. Será que a tristeza e a dor não seriam apenas uma parte desse sentimento maior, que é o de tê-la amado?

— Não estou entendendo.

---

* Kûkai (774-835), fundador da seita Shingon, uma corrente esotérica do budismo japonês. (N. do E.)

— Imagine que uma pessoa irá desaparecer. Se ela não representa nada para você, certamente não irá lhe fazer falta, não é? Essa pessoa nem faria parte do que você considera perder alguém. Agora, uma pessoa só deixa de existir quando você não quer perdê-la. Em outras palavras, o que estou querendo dizer é que o fato de uma pessoa não existir também faz parte do gostar dela. É justamente por gostar dela que sua ausência se torna tão difícil. Por isso, no final das contas, a tristeza nos conduz a uma certeza: a separação realmente é triste, mas vamos nos encontrar novamente.

— O senhor acha que um dia irá se reencontrar com ela?

— Quando você pergunta se vou reencontrar essa pessoa, seria no sentido físico?

Não respondi.

— A vida da gente seria muito insípida se acreditássemos apenas no que se pode ver ou no que tem forma, você não acha? — disse meu avô. — Eu não acredito que ela irá reaparecer na minha frente do jeito que a conheci. Mas, se não levarmos em conta a forma, posso dizer que sempre estivemos juntos. Nesses cinquenta anos, não deixamos de ficar juntos nem por um segundo.

— Isso não é uma coisa só da sua cabeça?

— É possível que seja. Mas qual é o problema? Todas as ciências não são, também, um tipo de crença? Todos os pensamentos do homem partem de uma premissa maior, calcada em alguma crença que pode ser intensa ou poderosa. O que os cientistas vivem fazendo é tentar comprovar suas crenças através de telescópios e microscópios. Como não somos cientistas, podemos utilizar outros meios para tal. Como, por exemplo, o amor.

— O que disse agora?

— Disse amor: o amor. Você sabe o que é o amor?

— Sei, sim, mas ouvir essa palavra do senhor me soa estranho.

— É que, quando digo amor, ele soa igual e ao mesmo tempo diferente do que normalmente se entende por amor.

Achei que ele estivesse tendo algum tipo de delírio senil. Desde que Aki morrera, a compaixão e o conhecimento de mundo dos adultos me soavam apenas como pretextos ou tentativas de me enganar. Eu não aceitava nada que não tivesse um fundamento calcado numa experiência real. Não conseguia aceitar nenhum argumento que não estivesse de acordo com o fato de Aki não estar mais entre nós.

— Pouco antes de morrer, ela não queria mais se encontrar comigo — falei, em tom de desabafo, revelando a angústia que guardava havia tanto tempo. — Ela se recusava a me ver. Por que será que ela fez isso?

— Então nenhum de nós presenciou a morte da amada — disse meu avô, sem responder diretamente o que lhe havia perguntado.

— Por que será que ela não quis que eu ficasse ao lado dela até o fim?

— Sakutarô... — continuou meu avô. — Cada pessoa precisa enfrentar a sua própria separação. Curiosamente, nós dois tivemos a mesma experiência. Não pudemos ficar com nossas amadas e não pudemos estar com elas no momento de sua morte. Eu entendo a sua tristeza. Saiba que, apesar disso, eu ainda acho que a vida é uma coisa boa. Eu acho que a vida é bela. Nesse momento, sei que para você isso não condiz com o que está sentindo, mas esta é realmente a minha opinião.

Meu avô ficou um tempo entregue aos seus próprios pensamentos. Depois, voltou-se para mim e perguntou:

— O que você considera realmente belo?

— Essa eu passo. — Minha resposta foi ríspida.

— Na vida há coisas que podemos realizar, e outras que não — disse meu avô, como se estivesse fazendo uma pregação. — As pessoas esquecem rapidamente o que realizaram. Mas o que não deu certo fica guardado no coração para sempre, cultivado com muito carinho. Os nossos sonhos e desejos nada mais são do que isso. Será que a beleza da vida não estaria relacionada ao sentimento de não ter realizado algo? O que não se realizou não foi algo em vão; na verdade, já se concretizou como o belo.

Peguei o controle remoto e liguei a TV. Só havia programas sem graça, como se todos estivessem cansados depois das comemorações do ano-novo.

— Quando fico mudando a torto e a direito os canais, tenho a impressão de que ela irá aparecer — falei, trocando os canais aleatoriamente. — Seria tão bom se pudéssemos conversar...

— Como aqueles aparelhos mágicos do desenho *Doraemon*?

— É, mais ou menos.

— Será mesmo? Será que, se inventassem um aparelho que nos permitisse falar sem nenhum problema com as pessoas mortas, o ser humano não se tornaria pior do que é?

— Pior?

— Quando você pensa em alguém que já morreu, você não se sente mais benevolente?

Mantive-me em silêncio, sem ousar afirmar ou negar. E meu avô prosseguiu:

— Nós não conseguimos nutrir sentimentos ruins por alguém que já morreu. Não podemos ser egoístas nem interesseiros. Isso parece ser próprio do ser humano, e tem sido sempre assim. Vamos tirar uma prova. Faça um levantamento do que sente por ela: tristeza, arrependimento, compaixão... Você está sofrendo muito, mas nenhum desses sentimentos pode ser considerado um sentimento ruim. Não há, entre eles, nenhum sentimento malévolo. Esses sentimentos serão o adubo para que você possa crescer. Por que será que a morte de uma pessoa querida nos torna pessoas melhores? Talvez porque exista uma nítida e rigorosa separação entre a morte e a vida e, também, porque a morte não sofre nenhuma influência da vida. É por isso que a morte de alguém pode se tornar uma rica experiência para os que estão vivos.

— Tenho a impressão de que estou sendo consolado.

— Não é isso — disse meu avô, esboçando um sorriso forçado. — Eu bem que queria te consolar, mas é impossível. Ninguém poderá te consolar. Isso você terá que superar sozinho.

— Como é que o senhor conseguiu superar?

— Resolvi pensar o contrário — disse meu avô, forçando levemente a vista, como se estivesse olhando alguma coisa distante. — Se eu tivesse morrido primeiro, o que teria acontecido? Ela provavelmente estaria triste com a minha morte e sofreria como eu. Para ela, seria difícil profanar um túmulo e pegar minhas cinzas. Não sei se ela teria um neto compreensivo como você. Ao pensar assim, o fato de eu ter ficado para trás significa que acabei assumindo a tristeza que ela teria de vivenciar. Ela foi poupada de sofrer muito mais do que já sofreu.

— E o senhor já tem as cinzas, não é mesmo?

Com uma expressão bondosa no rosto, meu avô disse:

— Será que isso não se aplica a você? Agora, você está sofrendo por ela. Se ela morreu, significa que ela não pode mais sofrer. É por isso que você está sofrendo. Digamos que é você quem sofre no lugar dela. E, ao fazer isso, você está vivendo por ela.

— Ainda acho que tudo isso parece um jogo de palavras.

— Pode até ser... — disse meu avô, com um sorriso sereno. — O "pensar" é isso, é assim mesmo. A melhor coisa é aceitar que não existe um pensamento definitivo. Mesmo que a princípio pareça existir algo assim, com o tempo isso muda. E aí, basta aceitar a mudança. Aos poucos, os nossos sentimentos vão se adequando ao que realmente estamos sentindo. E é assim que funciona...

Nós nos calamos e prestamos atenção aos sons externos. Lá fora ventava e, de vez em quando, uma forte rajada de vento sacudia a janela da varanda como se quisesse arrancá-la.

— Vá para a Austrália — disse meu avô, carinhosamente. — Leve-a com você para ver o deserto e os cangurus.

— Os pais dela pretendem espalhar as cinzas na Austrália.

— Há muitas maneiras de cultuar os mortos.

— Quando ela ainda estava bem, contei-lhe que roubamos as cinzas.

— Ah, é?

— Cheguei a mostrar para ela as cinzas que você deixou comigo.

Quando olhei para meu avô para ver sua reação, ele estava com os braços cruzados e de olhos fechados.

— Está zangado?

Ele abriu os olhos e sorriu.

— Se confiei em você, é porque você pode fazer o que achar melhor.

— Depois que mostrei as cinzas, nos beijamos pela primeira vez. Não sei por quê. Não tinha essa intenção, mas aconteceu naturalmente.

Meu avô ficou em silêncio por algum tempo. Depois, comentou:

— Que história bonita!

— Mas agora ela também virou cinzas.

3

A terra cedida aos aborígines situava-se num deserto árido e, em sua porção norte, havia somente precipícios e vegetação arbustiva. O Land Cruiser em que estávamos avançava pela estrada poeirenta, sulcada por marcas de pneu, e sacolejávamos. Enquanto seguíamos por essa estrada que margeava o rio, passamos por uma estação de telégrafo construída em pedra. Desse ponto em diante, não se avistava mais nenhuma casa e só se via uma extensa planície com vegetação bem esparsa. Em algumas áreas havia plantações de melão. A estrada seguia em linha reta e parecia não ter fim. Assim que deixamos a cidade, a pavimentação da estrada terminava abruptamente. A nuvem de poeira levantada pelos pneus era tamanha que era impossível enxergar alguma coisa atrás de nós. Conforme avançávamos, as plantações iam rareando e davam lugar a extensos pastos que se espalhavam em ambos os lados da estrada. Os animais mortos ficavam expostos na campina, e seus corpos, inchados pelo calor, atraíam bandos de corvos vorazes.

Chegamos a uma cidade pequena, como aquelas dos filmes de Velho Oeste. A cidade era quente, úmida e empoeirada. Vizinho ao posto de gasolina, havia um restaurante tipo pub. Resolvemos descansar um pouco e aproveitar a pausa para lanchar. Na entrada, alguns homens se divertiam jogando dardos. No interior do recinto mal iluminado, motoristas de caminhão e trabalhadores da construção civil bebiam cerveja e comiam torta de carne. Todos tinham tatuagens nos braços como as do Popeye. As pernas peludas, expostas pelas bermudas, tinham a largura do meu tronco.

— É verdade que o nome de Aki vem de *hakuaki*, ou seja... período cretáceo? — perguntei à mãe de Aki, sentada ao meu lado.

Ela, até então distraída, surpreendeu-se com a repentina pergunta e, voltando-se para mim, disse:

— É. É sim — demonstrando ter ficado meio sem jeito por eu ter percebido que estava desatenta. — Foi ideia do meu marido. Por que você pergunta?

— É que eu pensava que Aki vinha de "outono", a estação do ano. Desde que a conheci, sempre achei que era de outono; ainda mais que, nas cartas, ela sempre assinou usando o silabário fonético *katakana*, nunca em ideograma.

— Aquela menina não gostava de coisas complicadas — disse sua mãe, esboçando um sorriso singelo. — O ideograma *hiro*, do sobrenome Hirose, na verdade se escreve assim...

Com a ponta do dedo, ela traçou o ideograma *hiro* na palma da mão. Até então, eu pensava que *hiro* era escrito com o ideograma simplificado de cinco traços, mas o que a mãe dela me mostrou era o mais completo e complexo, de onze.

— Se o nome e o sobrenome dela fossem escritos em ideogramas, daria um número considerável de traços. Foi por isso que, desde que entrou no ensino fundamental, ela optou por escrever o nome em *katakana*.

O pai de Aki e o guia local contratado em Cairns estavam compenetrados estudando o mapa aberto sobre o balcão.

— Seguindo cinquenta quilômetros para o sul, estaremos na terra sagrada dos aborígines — explicou o guia, em ja-

ponês fluente. Ele dizia ter morado no Japão por algum tempo.
— É uma área restrita, mas consegui uma autorização especial.
— Podemos ir de carro até lá? — perguntou o pai de Aki.
— Chegando perto, teremos que andar um pouco.
— Será que vou conseguir acompanhar? — disse a mãe, preocupada.

O guia sorriu para se esquivar do assunto e, cauteloso, perguntou:
— Vocês vão espalhar as cinzas de sua filha?
— É uma menina excêntrica, não é? — disse a mãe. — Antes de morrer, ela repetiu isso várias e várias vezes, como se estivesse delirando. Acho que ela não estava mais consciente do que dizia, mas, mesmo assim, achei melhor atendê-la. Ficaríamos com muito remorso se não atendêssemos a seu último pedido.

Olhei para fora da janela. Um aborígine barbudo, de meia-idade, estava sentado na sombra de uma acácia tomando vinho diretamente de uma garrafa embrulhada num saco de papel pardo. Ao lado dele passavam alguns rapazes negros com chapéus de caubói. Apesar de estar na Austrália, não conseguia me convencer de que Aki tinha morrido. Tinha a impressão de que ela estava em algum lugar. Que, de repente, em algum lugar, eu a encontraria de novo.

O atendente trouxe um hambúrguer gigante e uma garrafa de Coca-Cola e os colocou na minha frente. Eu me senti ridículo por devorar o lanche sem ter ao menos um pingo de fome.

A planície amarronzada se estendia até onde a vista alcançava. Não havia nenhuma floresta. Ervas daninhas agarravam-se à terra árida. Alguns eucaliptos cresciam sobre a colina erodida. Pedras gigantes, lançadas com as lavas do vulcão, estavam espalhadas pela área. Não se via nenhum animal. O guia comentou que, durante o dia, os bichos dormiam na sombra das rochas ou metidos em buracos. A estrada asfaltada tinha ficado para trás e às vezes parecia que o carro ia atolar na terra fofa e vermelha. Passamos ao lado de alguns cangurus mortos. Um deles era só pele e estava grudado na beira da estrada. Ao olhar para trás, já não se podia mais ver o corpo, encoberto pela poeira levantada pelo carro.

Após seguir pela estrada por cerca de uma hora, surgiu diante de nossos olhos uma floresta com muitas árvores frondosas. Havia um riacho passando em frente a ela. O volume de água era pouco e nas margens cresciam eucaliptos brancos. Um trailer estava estacionado ali perto, e duas famílias de descendência europeia faziam churrasco. O guia desceu do carro e foi em direção aos que estavam sentados tomando cerveja. Perguntou-lhes algo em tom amistoso e eles prontamente apontaram para a direção do rio com o prato de churrasco na mão.

— Eles estão dizendo que é do outro lado do rio — disse o guia ao retornar ao carro que o pai de Aki dirigia. — Eu vou indicando o caminho.

O guia entrou no rio com seus sapatos de alpinismo e ia indicando o local mais raso e firme para que o Land Cruiser pudesse passar. As pessoas do churrasco nos olhavam, curiosas. Assim que o carro atravessou o rio, o guia voltou a se sentar ao lado do motorista.

— Vamos em frente.

A estrada de areia continuava por entre o bosque sombrio. O pai de Aki dirigiu bem devagar, cuidadosamente, através da luz tênue. O céu pálido de fim de tarde iluminava o chão de areia por entre os poucos vazios entre as árvores.

— Eu ainda não entendi direito o que quer dizer *dreaming* — perguntou ele.

— Essa palavra tem vários sentidos — disse o guia. — Um deles quer dizer ancestral mitológico de uma tribo. Por exemplo, se a tribo possui o canguru *walabi* como seu *dreaming*, significa que o *walabi* é o ancestral dessa tribo.

— *Walabi*, então, seria um animal? — perguntou a mãe de Aki.

— Não. Nesse caso, o *walabi* é o *dreaming* deles, o ancestral mitológico. Esse antepassado foi o criador de todos os animais *walabi* e dos próprios *walabi*. Tantos os homens *walabi* quanto os animais *walabi* são descendentes de uma mesma criação.

— Quer dizer que a tribo *walabi* e os animais *walabi* são irmãos?

— Isso mesmo. É por isso que os *walabi* não podem comer os animais *walabi*. Seria o mesmo que comer os próprios irmãos.

— Que interessante! — exclamou o pai de Aki. — Então o totemismo seria exatamente isso.

— Há também os *dreaming* particulares de cada um — continuou o guia.

— Como são? — perguntou ele.

— O animal que a mãe viu ou o animal ou planta com que ela sonhou passam a coexistir com a alma da criança que acabou de nascer. Esses *dreaming* jamais devem ser revelados. É um segredo pessoal, um objeto a ser cultuado.

— Quer dizer que há o *dreaming* da tribo e o *dreaming* pessoal?

— É isso mesmo.

Num curto espaço de tempo já não se podia mais discernir claramente a terra do céu. O campo visual perdia a profundidade, ou melhor, não havia mais nenhum senso de perspectiva, e o que deveria estar longe parecia estar perto, e o que deveria estar perto parecia estar muito distante e inalcançável.

— Os aborígines enterram duas vezes os seus mortos — continuou o guia. — Na primeira eles enterram o corpo na terra, como normalmente se faz. Esse seria o primeiro funeral. Decorridos dois ou três meses, eles desenterram o corpo, recolhem os ossos e os alinham da cabeça aos pés sobre uma casca de árvore, na mesma posição de quando o defunto vivia. Depois eles o colocam dentro de um tronco redondo e oco de uma árvore. Esse seria o segundo funeral.

— Por que eles fazem isso? — perguntou a mãe de Aki.

— O primeiro funeral é para a carne; o segundo é para os ossos.

— É. Tem a sua lógica — disse o pai.

— Por fim, os ossos são lavados pela chuva e voltam para a terra. O sangue e o suor impregnados no corpo são filtrados pela terra e voltam para a fonte sagrada no fundo da terra. A alma do morto irá acompanhar esse trajeto de volta para a fonte e passará a viver ali como um espírito.

As árvores foram ficando cada vez mais grossas, e a mata, mais fechada. Quando ficou difícil seguir de carro, descemos e continuamos o trajeto a pé. A floresta deu lugar a um matagal, cujos galhos retorcidos se entrecruzavam para todos os lados, criando um cenário enigmático. Por entre os arbustos havia uma pequena trilha como as que são abertas por animais. A única coisa que se ouvia eram os nossos passos. De vez em quando, ouvia-se uma moita se mexer perto de nós, mas não se via nenhum animal.

Assim que passamos por uma planta com espinhos pontiagudos como o do ouriço-cacheiro, saímos numa campina de coloração castanho-clara. Nesse lugar não havia mais nada que pudesse servir de ponto de referência. Além dos eucaliptos aglomerados num canto, o que se via era apenas uma campina extensa e seca. Ninguém dizia nada. Como o céu estava sempre claro, dava a impressão de que havíamos caminhado por horas, mas na verdade só havíamos andado por trinta minutos. O ar seco começou a rachar os meus lábios. A garganta também estava seca. Queria beber água gelada, mas, por outro lado, essa sede parecia ser de outra pessoa.

Nossos passos alcançaram uma terra árida formada de areia e pedras. Próxima a uma gigantesca rocha redonda havia uma vegetação que lembrava a cicadácea, uma espécie de palmeira. Um pássaro grande e marrom voava bem alto. Ao subir uma parte íngreme da rocha, deparamos com uma colina e algumas árvores. Estavam desfolhadas e a casca acinzentada tinha sulcos que lembravam as rugas de uma velha. Um pássaro de nome desconhecido sobrevoava a área emitindo "rroo-rroo". Um lagarto rastejava sobre a pedra seca.

— Aqui está bom? — perguntou o guia.

— É este o lugar? — comentou a mãe de Aki, um pouco decepcionada.

— É toda essa área.

— Então... Vamos jogar as cinzas — disse o pai.

— Jogue você, querido — disse ela, entregando-lhe a urna.

— Vamos dividir em três e jogar, está bem?

Um pó branco e ligeiramente frio foi colocado sobre minha palma. Eu não conseguia entender o que era aquilo. Por mais que racionalmente eu compreendesse o que se passava, meus sentimentos não aceitavam tal compreensão. Se eu aceitasse isso, sei que desmontaria. Meu coração se partiria em mil pedaços, assim como as pétalas de uma flor congelada se fragmentariam ao levar um peteleco.

— Adeus, Aki... — ouvi sua mãe dizer.

As cinzas brancas foram lançadas por seus pais. Elas foram levadas pelo vento e se espalharam pelas terras vermelhas do deserto. A mãe de Aki chorou. O pai envolveu os braços em seus ombros e os dois foram andando lentamente de volta pelo caminho que viemos. Eu não conseguia me mover. Era como se os fragmentos de meu próprio corpo tivessem sido espalhados pelas areias vermelhas do deserto. Nunca mais poderia recuperá-los; assim como a mim.

— Vamos? — disse o guia, incitando-me a me apressar. — Logo irá escurecer. As noites no deserto são terríveis.

4

Quando voltamos da Austrália, era início da primavera. Após as provas finais, as aulas eram como as partidas de final de campeonato para decidir quem seria o vencedor. Eu costumava olhar para o céu no trajeto casa-escola-casa ou durante uma aula entediante. Às vezes, ficava um tempão olhando o céu. E, toda vez que fazia isso, pensava: "será que ela está ali?". Eu sentia a presença de Aki em tudo que vinha do céu, dos últimos raios de sol de um inverno frio aos raios suaves de primavera. De vez em quando, ao contemplar o céu, nuvens se formavam repentinamente e passavam sobre mim. E cada vez que as nuvens iam e vinham, a estação do ano ia gradativamente mudando.

  Num domingo, em meados de março, pedi a Ôki que me levasse até a ilha. Quando lhe expliquei o motivo, ele se prontificou a emprestar o barco, demonstrando boa vontade. Assim que prendemos o barco no ancoradouro, fui caminhar sozinho pela praia. Ôki disse que ficaria me esperando no ancoradouro. Era março e as águas estavam frias e cristalinas. Os suaves raios de sol faziam brilhar as ondas que quebravam nas pedras. Quando olhei para dentro da água, vi um caranguejo cor de pedra rastejar sobre o banco de areia e fugir em direção ao mar. Por entre as pedras vi uma anêmona estendendo seus tentáculos coloridos e uma concha branca em espiral presa numa pedra não muito grande. Não sei por quê, mas eu só tinha olhos para as coisas pequenas.

  Numa parte mais afastada da praia, onde não tinha ondas, havia muitas flores cor-de-rosa parecidas com a ipomeia. Uma borboleta-da-couve voava sobre elas. Lembrei-me da borboleta papílio que tinha visto no jardim nos fundos do hotel, quando estivera ali no verão passado. Essa lembrança desencadeou todas as outras que eu tinha daquela noite como pontos de luz ofuscante dentro de mim. Toda e qualquer lembrança, por menor que fosse, me era saudosa, e cada uma delas tinha um brilho próprio, a ponto de eu até duvidar se isso tudo, realmente, acontecera.

  Na encosta, um pouco acima da praia, que conduzia ao precipício do outro lado da ilha, havia um velho *jizô* de pedra. Era uma divindade protetora das crianças. Não sei por que e para que o *jizô* estava ali. Talvez fosse por conta de algum antigo naufrágio naquelas águas. Não havia nenhum santuário xintoísta, e ele estava totalmente exposto às intempéries. Também não havia oferendas de flores e muito menos de moedas. A brisa do mar trazida pelo vento acelerou a erosão da pedra, deixando o rosto sem olhos ou boca. A única parte que ainda restava era a ponta do nariz, levemente mais alta do que o restante do rosto. E a falta de contornos nítidos dava-lhe uma expressão de bondade.

Sentei-me no cascalho seco ao lado desse *jizô* e contemplei o mar calmo. Inúmeras luzes reluziam no mar azul, que, de tão azul, parecia ter sido pintado com pincel. À minha esquerda havia um promontório que avançava sobre o mar. A luz do sol, ao incidir sobre a vegetação, destacava de tal maneira os pinheiros ali plantados que eu tinha a impressão de que podia distinguir cada um de seus galhos. Era uma vista tão linda que chegava a ser um desperdício tê-la somente para mim. Como seria bom se eu pudesse compartilhar esse cenário com Aki, pensei. E era assim que eu vivia todos os dias: desejando coisas que não podiam ser realizadas.

Disse seu nome, bem baixinho. Os meus lábios eram os únicos do mundo que tinham o formato ideal para chamar seu nome. No entanto, levava tempo para me lembrar como era o seu rosto. Parecia que esse tempo ia ficando cada vez mais longo. Quem sabe, com o tempo, eu teria que procurar uma foto dela num velho álbum para poder me lembrar. Ao me dar conta disso, senti uma ligeira apreensão. Será que as lembranças que tenho de Aki também sofrerão erosões como o *jizô*, que perdeu os detalhes do rosto? Após muitos anos, restaria somente a lembrança de seu nome? O nome que equivocadamente eu achava que era de uma estação do ano?

Deitei-me sobre o cascalho e fechei os olhos. Vi uma luz vermelha através das pálpebras. No verão passado, quando nadava no mar, as pálpebras também estavam vermelhas. Era uma sensação muito estranha saber que, como da outra vez, dentro de mim continuava a fluir um sangue rubro.

Acho que acabei dormindo. Acordei com alguém me chamando, e Ôki me olhava com uma cara esquisita.

— O que aconteceu? — perguntei, enquanto me sentava.

— Eu é que pergunto — disse Ôki. — Como você estava demorando para voltar, fiquei preocupado e vim te procurar.

Ôki sentou-se ao meu lado. Ficamos olhando o mar, em silêncio. O vento que soprava do oceano trazia consigo o cheiro forte de maresia. Quando olhei para o céu, o sol tinha dado a volta no promontório e estava bem acima do mar.

— Ainda tenho a impressão de que ela está aqui — disse eu. — Aqui, ali. Que está em todos os lugares em que estou. Você acha que estou tendo alucinações?

— Hum... Não sei... — Ôki respondia com meias palavras, sem saber direito o que dizer.

— Certamente as pessoas devem achar que se trata de alucinação.

Nós nos calamos e continuamos a contemplar o mar. Ôki pegou uma pedrinha e a atirou nas ondas. Repetiu inúmeras vezes o gesto.

— Você já sonhou que voava? — perguntei para Ôki, depois de um tempo em silêncio.

Ele me olhou com cara de interrogação e perguntou:

— Você quer dizer, voar num avião ou coisa assim?

— Não. Quero dizer voar como se fosse o Ultraman.

— Se for um sonho... — Ôki deu uma risada. — Bem, se o sonho é seu, você pode fazer o que bem entender, não é?

— Você nunca teve esse tipo de sonho? Desses que, se fossem verdade, seriam impossíveis de acontecer?

— Acho que não.

Ele pegou uma outra pedrinha e lançou-a no mar. A pedra fez um barulho seco e, após pular sobre a água, afundou.

— E o que é que tem isso de voar no sonho? — perguntou Ôki, para retomar a conversa.

— Voar é impossível na vida real, não é? — prossegui. — Teoricamente, é impossível, certo?

— Creio que sim — Ôki concordou, sério.

— Mas, no sonho, a gente tem certeza de que está realmente voando. O que é impossível na vida real pode acontecer em sonho. Mas, durante o sonho, não é o que pensamos. No sonho, não nos questionamos se voar é ilógico. Mesmo que pensemos assim, nem por isso deixamos de voar. Do céu, observamos a cidade e sentimos que está realmente acontecendo. Nesse sentido, não é uma ilusão.

— Mas não deixa de ser um sonho — disse Ôki, me interrompendo.

— É isso mesmo. É apenas um sonho — concordei.

— Onde você está querendo chegar?

— Ela morreu. Seu corpo foi cremado e transformado em cinzas. Eu mesmo peguei suas cinzas nas mãos e as espalhei no deserto vermelho. Mesmo assim, ela está aqui. Não consigo deixar de pensar que ela está aqui. Não é uma alucinação. Não consigo deixar de pensar nisso. Assim como não posso negar que durante o sono consigo voar, não posso igualmente negar que ela esteja aqui. Mesmo que eu não possa provar, acredito que esteja comigo.

Quando terminei, Ôki parecia com pena de mim.

— Será que estou sonhando?

Ao voltar para o ancoradouro, achei uma pedra brilhante na orla da praia. Ao pegá-la, vi que não era uma pedra, mas um pedaço de vidro sem arestas, desgastado pelas ondas. O fragmento de vidro parecia uma joia de cor verde. Eu o guardei no bolso do blusão.

— Não quer dar uma passada no hotel? — perguntou Ôki, assim que avistamos o ancoradouro. — É um lugar com muitas recordações, não é?

Por um instante, senti meu peito gelar e endurecer. Em vez de responder, apenas dei um longo suspiro. Ôki não disse mais nada.

Tirei do bolso do blusão um frasco pequeno de vidro transparente. Dentro dele havia uma espécie de areia esbranquiçada.

— São as cinzas dela.

— Vai espalhá-las? — perguntou Ôki, ligeiramente impressionado.

— Não sei o que devo fazer.

A minha intenção de ir até a ilha era justamente espalhar as cinzas de Aki no mar. Foi isso que eu disse para Ôki e ele prontamente se ofereceu para me levar de barco até ali. No entanto...

— Estou com pena de fazer isso. Mas não vai adiantar nada ficar com as cinzas.

— Se pensa assim, acho melhor você guardar — disse Ôki, um pouco receoso. — Se você espalhar as cinzas e se arrepender depois, será tarde. Pense com calma e, quando tiver certeza de que quer fazer isso, aí sim, deve fazer. Me avise quando estiver pronto que eu te trago aqui de novo.

A maré estava baixa, e o barco estava abaixo do nível do ancoradouro. O mar estava calmo e, de tão azul, dava até vontade de chorar.

— Você já ouviu a Hirose cantar? — de repente, depois de um tempo, Ôki perguntou. — Lembra aqueles testes que a gente fazia nas aulas de música do fundamental? Aqueles em que faziam a gente cantar músicas chatas e complicadas do tipo *Força jovem* e *Versos para você*? Nesses testes, ela cantava tão baixinho que ninguém conseguia escutar nada. Nem eu, que sentava na fileira da frente, conseguia identificar o que ela cantava.

— Teve um dia que alguém gritou que não dava para escutar nada, não foi?

— É mesmo! Depois disso, a voz dela foi ficando cada vez mais baixa e deu até pena vê-la toda vermelha, cabisbaixa, cantando a música até o final.

— Puxa! Até que você se lembra bem, hein?

— Hã? Não é o que você está pensando. — Ôki ficou na defensiva. — Não é isso que você está pensando. Quero dizer, eu gostava dela, mas não como você.

Eu também lembrei como Aki cantava. Não nos testes da escola, mas em outra situação. Na noite em que dormimos no hotel e estávamos preparando o jantar, lembrei-me de que precisava de uma coisa e fui buscar no quarto. Quando voltei, Aki estava cortando um legume ou algo assim, e cantarolava baixinho. Fiquei parado na porta da cozinha escutando. Ela cantava tão baixinho que não consegui identificar a letra, muito menos a melodia, mas só sei que cantava com prazer. Ela devia cantar daquele jeito quando estava em casa preparando as refeições, pensei. Se eu dissesse algo, ela pararia de cantar. Então, fiquei em pé na porta da cozinha apenas ouvindo-a cantar.

— Quer saber? Vou levar isso comigo.

Guardei o frasco de vidro no bolso e me levantei.

— Está bem — Ôki concordou, com certo alívio.

Dentro do bolso, minha mão esbarrou em algo frio. Quando peguei, vi que era aquele pedaço de vidro que tinha encontrado na praia. O contato com o ar deixou sua superfície opaca e esbranquiçada. Quando o vi dentro d'água, parecia ser uma maravilhosa pedra preciosa, mas agora era apenas um caco de vidro. Lancei-o com força em direção ao mar. O vidro fez um belo arco no ar e caiu na água com um pequeno barulho.

— E aí, garanhão, vamos embora? — disse Ôki, atrás de mim.

O garanhão virou-se para ele e respondeu:

— Conto com você, hein, meu chapa!

Capítulo V

No castelo de Shiroyama, as folhas das árvores ainda estavam jovens e verdejantes. A torre tinha sido reformada, e os muros recém-pintados destacavam-se pelo branco intenso. Ao caminhar pela estrada que ligava o portão norte à torre do castelo, notei que o bosque denso que ficava no meio do caminho tinha sido derrubado para dar lugar a um museu do folclore.

Da torre do castelo podia-se ter uma visão panorâmica da cidade. A leste, as montanhas; a oeste, o mar. Tive a impressão de que a enseada estava menor com o avanço da cidade sobre os aterros realizados naqueles últimos dez anos.

— Que vista linda! — disse ela.

— Não há muito o que ver nessa cidade... — me escapou, como um pedido de desculpas. — Quando trago alguém aqui na cidade, não tenho muito o que mostrar.

— Em qualquer cidade, não se veem assim tantos lugares pitorescos e ruínas históricas. Eu gostei do templo budista. Queria muito ter conhecido seu avô.

— Acho que vocês dois iriam se dar bem.

— Acha mesmo?

Nos calamos e naturalmente nossos olhos voltaram-se para a baía que se estendia à nossa frente. No promontório rodeado pelo mar e espalhadas por toda a ilha, cerejeiras silvestres estavam com flores de um rosa pálido em pleno desabrochar.

— Sempre duvidei daquela sua história. Achava que era uma invenção sua — disse ela, em tom de confissão. — Acho que é porque era muito bem-elaborada e por demais romântica. Mas hoje, ao visitar o túmulo e ouvir você dizer "É aqui", só me restou acreditar.

— Quem sabe você tenha razão, pode ser uma história bem-elaborada.

Ela pensou um pouco e respondeu me olhando com jeito de quem vai fazer uma travessura:

— Quem sabe! — E acrescentou: — Sem dúvida, acreditar totalmente em tudo que se diz é muito arriscado. Ainda mais quando se trata de você...

— Às vezes, nem eu mesmo sei se é real ou apenas um sonho. Chego a duvidar se aquilo que houve no passado realmente aconteceu de verdade. Isso acontece até mesmo com as pessoas que a gente conhecia. Depois que elas morrem, com o tempo, temos a impressão de que nunca viveram neste mundo.

O caminho do lado sul não tinha mudado tanto quanto o do norte. Ele continuava estreito, íngreme, e, durante o trajeto, quase não encontramos ninguém. A velha escadaria de pedra, cheia de musgos, e a terra avermelhada em torno da escadaria continuavam como antes. Enquanto descíamos a escada, encontrei num denso arbusto o que estava procurando.

— O que foi?

— Hortênsias.

Ela deu uma olhada nas flores e depois me olhou como quem diz "O que têm essas hortênsias?".

— Ainda vão demorar para florescer... — dissimulei indiferença e continuei o trajeto. Senti que algo tremia lá no fundo do meu coração. Após andar um tempo, comentei: — Esses lados parecem não ter mudado muito.

— Você vinha muito aqui?

— Não. Só vim uma vez.

Ela riu.

— Do jeito que você fala, achei que vinha sempre.

— É que tenho a impressão de que vim aqui várias vezes, mas só vim uma.

No caminho de volta, dirigi o carro em direção à escola. No canteiro em frente ao portão, havia violetas. Era fim de março.

— Foi nessa escola que fiz o ensino fundamental — disse, sem entrar em detalhes, de dentro do carro.

— Nossa! — Ela abaixou o vidro e sugeriu: — Vamos entrar um pouco?

A escola, que eu não via fazia tempo, estava suja e malconservada. O muro de cimento estava todo manchado e escuro com a chuva e pendia levemente inclinado para a rua. Não sei se foi porque os alunos estavam nas férias de primavera ou por ser fim de tarde; a escola estava deserta. Antigamente, sempre que passava por ali, encontrava pessoas jogando beisebol ou treinando futebol nas quadras, mas hoje não.

Seguimos por uma entrada lateral.

— Que vazio! — Meu murmúrio soou como se viesse de um lugar distante.

— Fazia tempo que eu não visitava uma escola — disse ela alegremente, indo rápido em direção aos brinquedos.

Eu fiquei para trás.

"Nós frequentamos esta escola", disse para mim mesmo. Foi aqui que conheci Aki... Parecia que tinha sido muito tempo e que tudo tinha acontecido em outra época, em um mundo bem distante. Olhei ao redor como se fosse Urashima,[*] que retornava à vila depois de tanto tempo. Percebi que as cerejeiras do jardim interno estavam floridas. Quando estudava ali, nunca parei para olhá-las; aliás, me formei sem sequer notar sua existência. Agora eu as olhava enfileiradas, belamente floridas.

Então, senti uma pontada no fundo do meu peito, como se uma agulha tivesse aberto em mim um pequeno orifício. Um orifício capaz de engolir tudo em segundos, como uma espécie de buraco negro: a paisagem ao redor e o tempo que já se fora. De repente, fui tragado pelo passado que me era tão distante, e a voz de Aki ganhou vida em minhas lembranças.

"Eu gostava de limpar as carteiras na hora da faxina. Enquanto limpava, ia lendo os rabiscos. Alguns eram de alunos que já tinham se formado; outros gravavam o próprio

---

[*] O autor se refere à história de Urashima Tarô, um pescador que voltou a seu povoado depois de passar trezentos anos no Reino do Dragão, no fundo do mar, acreditando ter passado apenas três anos. (N. do E.)

nome e o da pessoa amada com estilete embaixo do desenho de um guarda-chuva. Um ou outro eu tinha dó de apagar..."

Aki conversava comigo, ao pé do ouvido. Que saudade daquela sua voz tímida e discreta. Para onde teria ido aquele coração tão meigo? Para onde teriam ido a beleza, a bondade e a delicadeza desse alguém chamado Aki? Será que ela estaria correndo sob as estrelas brilhantes como um trem a correr pelos campos nevados? Será que estaria correndo sem destino? Estaria seguindo em direção a algo imprevisto pelas regras deste mundo?

Será que algum dia ela voltaria para cá? Às vezes há casos em que, certa manhã, sem querer, encontramos algo que havíamos perdido havia muito tempo, no mesmo lugar em que o deixamos. Eis que reaparece do mesmo jeito: bonito. Aos nossos olhos, é muito mais bonito do que quando o perdemos. É como se alguém o tivesse guardado com muito carinho. Será que o coração dela também retornaria para cá dessa mesma forma?

Tirei do bolso do paletó um pequeno frasco de vidro. Minha intenção era nunca me separar dele enquanto eu vivesse. Sei que não era necessário fazer isso. Neste mundo existem o princípio e o fim. E Aki estava em ambas as extremidades. Para mim, bastava estar ciente disso.

Ao olhar para o canto do gramado, vi que uma jovem estava tentando escalar um poste com todas as suas forças. Estava de saia, e suas pernas envolviam o poste. Alternando os braços, impulsionava o corpo para cima, subindo pouco a pouco. Fiquei observando-a e, conforme anoitecia, sua imagem gradativamente ia se mesclando ao brinquedo do parquinho e às trevas. Lembrei-me do dia em que fiquei observando Aki desse mesmo lugar. Sob a luz do entardecer, ela escalava o poste que ficava no canto do pátio... Porém, eu não estava certo se isso tinha realmente acontecido.

O vento soprou, e as pétalas das flores das cerejeiras começaram a cair. Elas voavam e algumas caíram aos meus pés. Olhei para o frasco de vidro que segurava. Uma leve apreensão tomou o meu peito. Será que não ia me arrepender?

Podia ser que sim. Mas, agora, estava sob uma bela chuva de pétalas de cerejeira.

Abri lentamente a tampa do frasco. Após removê-la, não pensei em mais nada. Com a boca do frasco para cima, estiquei o braço e desenhei um enorme arco. As cinzas esbranquiçadas espalharam-se no céu do entardecer como se fossem pequenos flocos de neve. Novamente, o vento soprou. As flores começaram a cair e, ao se mesclarem a elas, ligeiras, as cinzas de Aki se ocultaram de meus olhos.

Este livro foi impresso
pela Lis Gráfica para a
Editora Objetiva em
maio de 2011.